文春文庫

鯖《さば》雲《ぐも》ノ城《しろ》

居眠り磐音（二十一）決定版

佐伯泰英

文藝春秋

目次

「居眠り磐音」主な登場人物

坂崎磐音《さかざきいわね》
元豊後関前藩士の浪人。藩の剣道場、神伝一刀流の中戸道場を経て、江戸の佐々木道場で剣術修行をした剣の達人。

おこん
磐音が暮らす長屋の大家・金兵衛の娘。今津屋の奥向き女中。磐音と結婚の約束を交わした。

今津屋吉右衛門《いまづやきちえもん》
両国西広小路に両替商を構える商人。お佐紀《さき》と再婚した。

由蔵《よしぞう》
今津屋の老分番頭。

佐々木玲圓《ささきれいえん》
神保小路に直心影流の剣術道場・佐々木道場を構える磐音の師。

速水左近《はやみさこん》
将軍近侍の御側衆。佐々木玲圓の剣友。

本多鐘四郎《ほんだかねしろう》
佐々木道場の住み込み師範。磐音の兄弟子。

松平辰平《まつだいらたつぺい》
佐々木道場の住み込み門弟。父は旗本・松平喜内《きない》。

重《しげ》富《とみ》利《とし》次《じ》郎《ろう》
佐々木道場の住み込み門弟。土佐高知藩山内家の家臣。

桂川《かつらがわ》甫《ほ》周《しゅう》国《くに》瑞《あきら》
幕府御典医。将軍の脈を診る桂川家の四代目。

中川《なかがわ》淳庵《じゅんあん》
若狭小浜藩の蘭医。医学書『ターヘル・アナトミア』を翻訳。

小《こ》林《ばやし》奈《な》緒《お》
磐音の幼馴染みで許婚《いいなずけ》だった。小林家廃絶後、江戸・吉原で花魁《おいらん》・白鶴《はっかく》となる。前田屋内蔵助に落籍され、山形へと旅立った。

河《かわ》出《で》慎《しん》之《の》輔《すけ》
磐音の幼馴染み。妻の舞の不義を疑って成敗し、自らは琴平に討たれる。

小《こ》林《ばやし》琴《きん》平《ぺい》
磐音の幼馴染み。舞と奈緒の兄。磐音によって上意討ちされる。

坂《さか》崎《ざき》正《まさ》睦《よし》
磐音の父。豊後関前藩の藩主福坂実高《ふくさかさねたか》のもと、国家老を務める。妻は照埜《てるの》。

東《ひがし》源《げん》之《の》丞《じょう》
豊後関前藩の郡《こおり》奉行。中戸道場で磐音の兄弟子。

中《なか》居《い》半《はん》蔵《ぞう》
豊後関前藩の藩物産所組頭。

井《い》筒《づつ》源《げん》太《た》郎《ろう》
磐音の妹・伊代《いよ》の夫。弟は遼次郎《りょうじろう》。

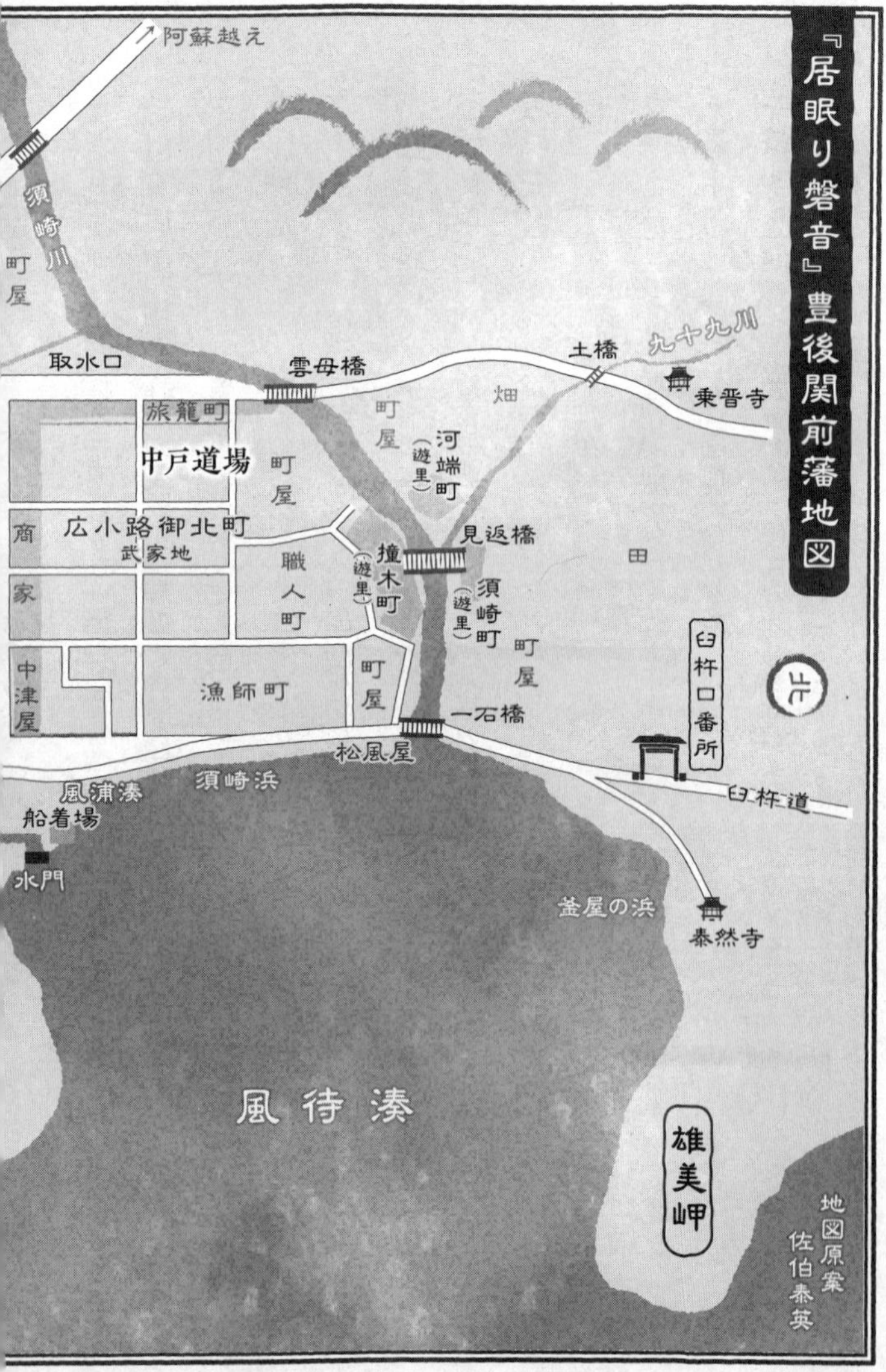
『居眠り磐音』豊後関前藩地図
阿蘇越え
須崎川
町屋
取水口
雲母橋
土橋
九十九川
乗晋寺
畑
旅籠町
中戸道場
町屋
河端町
（遊里）
広小路御北町
武家地
商家
見返橋
撞木町
（遊里）
職人町
須崎町
（遊里）
田
町屋
臼杵口番所
中津屋
漁師町
町屋
一石橋
松風屋
須崎浜
風浦湊
船着場
臼杵道
水門
釜屋の浜
泰然寺
風待湊
雄美岬
地図原案
佐伯泰英

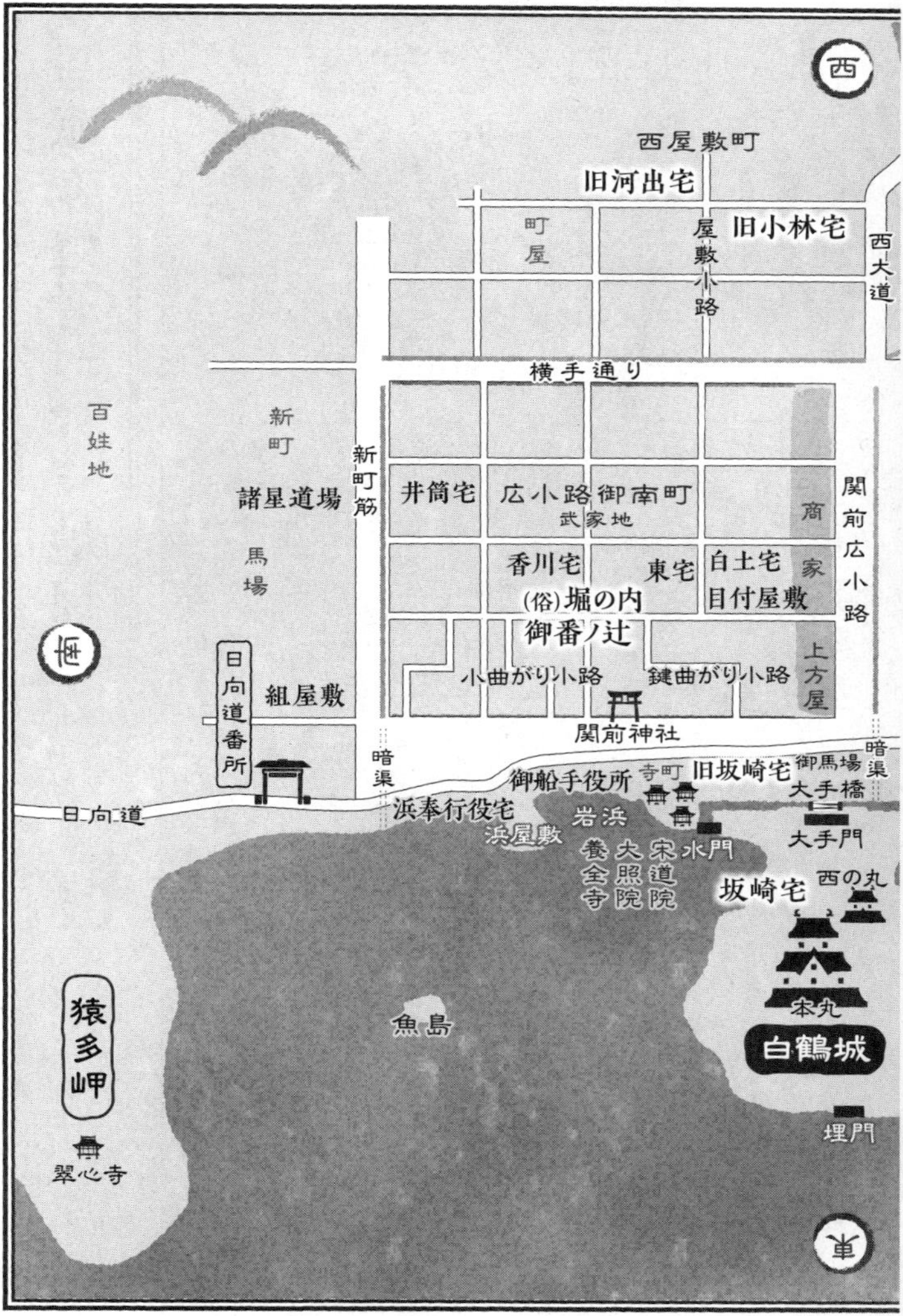

西
西屋敷町
旧河出宅
町屋
屋敷小路
旧小林宅
西大道
横手通り
百姓地
新町
新町筋
諸星道場
井筒宅
広小路御南町
武家地
商家
関前広小路
馬場
香川宅
東宅
白土宅
目付屋敷
(俗)堀の内
御番ノ辻
南
日向道番所
組屋敷
小曲がり小路
鍵曲がり小路
上方屋
関前神社
暗渠
御船手役所
寺町
旧坂崎宅
御馬場
暗渠
大手橋
日向道
浜奉行役宅
岩浜
浜屋敷
養全寺
大照院
宋道院
水門
大手門
西の丸
坂崎宅
本丸
白鶴城
魚島
猿多岬
翠心寺
埋門
東

『居眠り磐音』江戸地図

新吉原
東叡山 寛永寺
山谷堀
待乳山聖天社
今戸橋
向島
上野
下谷車坂町
浅草
不忍池
下谷広小路
新寺町通り
新堀川
金龍山 浅草寺
吾妻橋
業平橋
品川家
首尾の松
北割下水
十間川
今津屋
石原橋
本所
天神橋
法恩寺橋
新シ橋
柳原土手
南割下水
竹村家
両国橋
横川
長崎屋
金的銀的
竪川
通旅籠町
薬研堀
大川
鰻処宮戸川
六間堀
若狭屋
猿子橋
日本橋川
龍河岸
小名木川
日本橋
新大橋
深川
霊巌寺
鎧ノ渡し
亀島橋
霊岸島
金兵衛長屋
八丁堀
永代橋
仙台堀
永代寺
鉄砲洲
富岡八幡宮
佃島
越中島
堺橋

護国寺
面影橋
中山道
日光御成街道
小石川
伝通院
本郷
牛込
豊後関前藩
上屋敷
湯島天神
尚武館佐々木道場
神田川
神田明神
牛込御門
表猿楽町
駿河台
田安御門
神保小路
昌平橋
筋違橋御門
市谷八幡宮
内藤新宿
市谷御門
四谷
四谷御門
麹町
江戸城
大手御門
平川天満宮
呉服町
馬場先御門
鍛冶橋御門
南町奉行所
数寄屋橋御門
溜池
原宿
愛宕権現
宝泉寺
渋谷
麻布広尾町
増上寺
芝

鯖雲ノ城

居眠り磐音（二十一）決定版

第一章　白萩の寺

一

江戸の佃島《つくだじま》沖を出た豊後《ぶんご》関前《せきまえ》藩御用船は、海路三十六日目にして速吸瀬戸《はやすいのせと》、別名速吸之門《はやすいのと》を過《よ》ぎり、舵《かじ》を南へと取った。

夕暮れ前の光の中、遠くに霞《かす》む佐田《さだ》岬も対岸の佐賀関も温かみのある秋色に染まっていた。

瀬戸を行く船上に秋茜《あきあかね》が飛ぶのもおこんには珍しかった。

「関前はもうすぐね」

おこんの声に緊張が漂っていた。

「よう耐えたな」

磐音《いわね》はおこんに微笑《ほほえ》みかけた。

「おこんが磐音様に誉めてもらえるかどうかは、照埜《てるの》様にお目にかかってからのことよ」

「おこん」

正徳丸《しょうとくまる》の舳先《へさき》に立った磐音はおこんに呼びかけた。

おこんは磐音が選んだ淡い小豆《あずき》地の江戸小紋千鳥模様をきりりと着こなし、帯締めの飾りに緑と赤と紫色が入り混じった大粒の瑪瑙《めのう》が光っていた。

一年前、坂崎正睦《さかざきまさよし》が上府した折り、照埜から託されたとしておこんへ贈られたものだった。

おこんが小紋を選んだ理由は、小紋は元々武家の裃《かみしも》に染められたもので、この高い伝統の技と高貴が女の小紋にも受け継がれていると聞いたからだ。

裃小紋の型紙は和紙を重ねて柿渋を塗り、何日も燻《いぶ》して作られる、伊勢の白子《しろこ》の型紙が江戸でも知られていた。

この型紙に、いささかの狂いもなく極小精緻な模様が彫られるのだ。それほど職人が精魂を傾けた小紋だけに、染め上げて仕立てたときに凜《りん》とした気品を放った。女小紋も製法は一緒だ。

「母と会うからとて、そう気張ることはない。いつものおこんさんで通されよ。それがしにとり、そなたに替わる女性《にょしょう》はおらぬ。自信を持って、おこんさんらしく自然に振る舞うがよい。母はそのようなおこんさんをきっと気に入られよう」

「はい」

伊予《いよ》の大浦沖で田沼意次《おきつぐ》が放った刺客に刃を突き付けられ、危難におちたおこんを救ったのは、若い炊き方の唐八郎《とうはちろう》だった。帆柱から垂れた綱にぶら下がった唐八郎が両足でおこんの体を挟《はさ》み付け、海へと飛んだ。

おこんは大勢の水夫《かこ》らにすぐに助けられたが、海水を飲んだこともあり、急遽《きゅうきょ》予定を変更して、御用船二隻は伊予松山湊《みなと》に急行、おこんは城下の医師によって診察と治療を受けた。

おこんは三日間の松山逗留《とうりゅう》ですっかり元気を取り戻した。

最後の日には、江戸にまで名が知れた道後《どうご》の湯に浸《つ》かり、旅籠《はたご》に髪結いを呼んで、丁寧《ていねい》に髪を梳《と》いて結い直してもらい、さっぱりとした気持ちで再び正徳丸に乗船したのだった。

そんな経験をさせられたおこんに磐音の忠言が利《き》いたか、おこんは生まれたばかりの赤子のような爽《さわ》やかな表情を見せた。

「おこん、あれが関前の内海じゃ」

磐音が遠くに見え始めた関前領の山河を教えた。そうしながらも、磐音は関前城下へとだらだら下る峠道に目をやった。

春、水仙が咲き誇る雄美岬《ゆうびさき》だ。

明和《めいわ》九年（一七七二）四月末、磐音は河出慎之輔《かわでしんのすけ》と小林琴平《こばやしきんぺい》の二人の友と藩改革の志を抱いて峠道を下った。だが、江戸勤番の間に綿密に練り上げた藩改革の企ては、一夜にして瓦解《がかい》した。

豊後関前藩を永年専横してきた国家老宍戸文六《ししどぶんろく》とその一派が、三人の帰りを手薬煉《てぐすね》引いて待ち受けていたのだ。

慎之輔は妄言に惑わされ、琴平の妹である新妻の舞《まい》を手討ちにする羽目に追い込まれ、それを知った兄の琴平が妹の仇《あだ》を討った。

慎之輔の乱心と琴平の自暴自棄により、一夜にして二人の同志と友の妻を失っていた。そして、磐音との祝言《しゅうげん》を二日後に控えていた相手は琴平と舞の妹、奈緒《なお》だった。

琴平への上意討ちの沙汰《さた》が下り、磐音は自ら志願して琴平と御番《ごばん》ノ辻《つじ》で死闘を繰り広げた。

陰暦の四月末は仲夏《ちゅうか》にさしかかっていた。

あの夏は、すでに蟬《せみ》が鳴き始めるほど異常な暑さが豊後関前領を見舞っていた。酷暑が異様な騒ぎを招いたか。

その後、国家老宍戸文六とその一派は、藩外に出た磐音の助力もあって関前藩から一掃された。だが、磐音は奈緒を失った。

五年前に起こった悲劇と再生の発端は、あの峠道から始まったのだった。

「坂崎様、おこんさん、これでようございますか」

瘦《や》せ軍鶏《しゃも》こと松平辰平《まつだいらたつぺい》の声がして振り向くと、江戸から持参してきた小袖《こそで》に袴《はかま》、松平家の紋の入った羽織を窮屈そうに着た辰平が立っていた。

「おお、見違えるようじゃ。だが、辰平どの、羽織まで着込んで気張ることもあるまい。せっかく母御が用意してくだされたのであろうが、なくともよかろう。それがしも羽織なしだ」

「羽織を着ると、なんだか鹿爪《しかつめ》らしく気持ちまで固まるようだと思うておりました。脱いでようございますか」

「辰平どのらしゅうな、闊達《かったつ》自在にな」

「はい」

辰平が羽織を脱いでほっとした顔をした。

「坂崎様、なんだか私たちはおこんさんの従者のようですね」

「まあそのような気分でおれば気も楽であろう」

南北から大きく両腕を丸く広げたように雄美岬と猿多岬《さるたさき》が関前城下を囲み、内海の中央に小さな断崖《だんがいせ》が迫り出して、その天然の地形の上に豊後関前城が聳《そび》えていた。

水深深く地形に恵まれた関前の内海は、南蛮船《なんばん》が頻繁に訪れた切支丹《きりしたん》布教時代以来、風待湊でもあった。

「あれが関前藩六万石のお城ですね」

「白鶴城《はっかく》と呼び習わされているのは、天守の格好が海から見るとき白鶴の頭に、北の須崎浜と南の岩浜が左右に広げた両翼のように見えるからじゃ」

磐音が辰平の問いに答えた。

〈白鶴城は三面が断崖に隔絶され海に囲まれ、東西二百余間、南北百三十四間。岬はおよそ二十間余の丘陵をなし、西口だけが城下へと通じたり〉

と古書に記された白鶴城の本丸は、東西六十六間、南北六十三間、三層の太守は高さ二十五間あった。ついでに西の丸は東西四十八間、南北三十二間だ。

断崖が二十間余、本丸太守の高さが二十五間、白鶴の頭は関前の内海から抜きん出て四十五間余と聳えていた。

「美しいお城ね」

おこんも感に堪えないように呟《つぶや》いた。

もはや馴染《なじ》みになった大轆轤《ろくろ》の音が響いてそれぞれの船の帆がするすると下ろされ、正徳丸と豊後《ぶんご》一丸《いちまる》が船足を緩《ゆる》めた。すると関前の湊から無数の小舟が漕《こ》ぎ出してくるのが見えた。

藩物産所が本腰を入れて江戸へ送り込んだ二隻体制の商いであった。その船が無事に戻り、出迎えの小舟には弾《はじ》けるような喜びが見えていた。

帆桁《ほげた》が下りてきて斜めに固定された。すると櫓《ろ》が両舷《りようげん》から突き出され、再びゆっくりと二隻の船が湊へと接近していった。

おこんは白鶴城から北へと弓状に広がる砂浜の先の、岬の付け根にある寺を見ていた。砂浜から寺の山門へと石段が続いていたが、その両側に白萩《しらはぎ》が咲き誇っていた。

「おこん、母の実家岩谷《いわや》家の菩《ぼ》提寺《だいじ》泰然寺《たいぜんじ》じゃ」

「海と空の間に白萩の階段が掛かっているようで、なんともいえない美しさだわ」

「別名白萩寺とも呼ばれておる。明日にも墓参に参ろう」

「白萩が咲いているうちにお連れくださいね」

「相分かった」

と磐音が答えたとき、

「義兄上《あにうえ》、お帰りなさい！」

という声が海上の小舟の一艘《そう》から響いた。

「井筒源太郎《いづつげんたろう》様ですよ」

おこんが逸早《いちはや》く気付いて手を振った。

「おこん様、よう関前においでなされましたな」

江戸参府の折り、おこんと顔を合わせていた源太郎がおこんにも声をかけた。

磐音の妹伊代《いよ》の亭主、井筒源太郎は御旗《おはた》奉行井筒家の嫡男《ちゃくなん》で、神伝《しんでん》一刀流中戸《なかと》信継《のぶつぐ》道場の兄弟弟子でもあった。隠居した父の跡を継いで、御旗奉行に就いた源太郎は元々ひょろりとした体型であった。だが、職掌がそうさせたか、茫洋《ぼうよう》とした風姿に貫禄《かんろく》まで加えていた。井筒家当主の座に就いたことと、伊代と所帯を持ったことが変化を呼んだか。

そのかたわらに、昔の源太郎を彷彿《ほうふつ》させる若者が寄り添っていた。歳《とし》の頃は辰平と同じくらいか。

磐音には見覚えがない。

「井筒家の次男坊、遼次郎《りょうじろう》じゃ」

いつの間に姿を見せたか、打裂《ぶっさき》羽織に道中袴へと着替えた東源之丞《ひがしげんのじょう》が磐音の視線の先に気付き、そう教えると井筒家の兄弟に手を振った。

「東様、ご苦労に存じました」

「井筒、ちと急ぎの相談がある。船に上がれ」

と源之丞が命じ、源太郎が小舟の船頭に声をかけて正徳丸の舷側に横付けさせ、二人の兄弟がするすると縄梯子《なわばしご》を上がってきた。

源太郎が磐音とおこんの前に立ち、

「おこん様、海路三百余里、ようも豊後関前までおいでなされました。坂崎の義《ち》父義母《ちはは》はもちろん伊代も、おこん様との対面を心待ちにしております」

と歓迎の辞を述べた。

「井筒様、二年ぶりにございます。だいぶ貫禄が出て参られました」

おこんの返礼に源太郎が、

「貫禄というよりは、伊代の賄《まかな》いがよいもので太っただけです。おこん様、ますます美しさに磨きがかかっておられますな」

と役職に就いたせいか世辞まで覚えたようだ。

「これ、遼次郎、磐音様を覚えておるか。こちらがおこん様じゃぞ」

と実弟を二人に紹介した。

遼次郎は磐音に黙礼すると、おこんに視線を移して眩《まぶ》しそうな顔を見せ、頰《ほお》を紅潮させた。

「遼次郎、そなたも江戸で評判のおこん様の美しさの虜《とりこ》になったか。無理もない」

と源太郎が苦笑いした。

「井筒、挨拶《あいさつ》はそのくらいでよかろう」

東源之丞が持ち前の早口で、船中で起こった奇禍を告げた。源太郎の顔が俄《にわ》かに険しく変わり、

「これ、遼次郎、ただ今の東様のお話、承《うけたまわ》ったな。湊に目付頭《めつけがしら》の園田《そのだ》七郎助《しちろうすけ》どのが出ておられた。そなた、この次第を急ぎ報告し、手配方を頼め」

源太郎の語調は頼もしくもきびきびと変わっていた。

「坂崎様、ご無礼いたします」

と言い残して遼次郎は再び小舟に戻り、小舟は迅速に湊へと戻っていった。

正徳丸と豊後一丸は風浦湊から一丁ほど沖に碇《いかり》を下ろした。

正徳丸など大型の帆船は、風浦湊の船着場に横付けできなかったのだ。

「ご家老が物産所でお待ちにございます」

と源太郎が磐音とおこんの下船を促した。

「源太郎どの、われらの連れの松平辰平どのだ。お父上は直参《じきさん》旗本、ご次男の当人は佐々木《ささき》道場の門弟でな、広く見聞を広めたいとわれらの旅に加わられたのだ」

「松平どの、歓迎いたします」

辰平は井筒源太郎に、

「よしなにお付き合いのほど、お願いいたします」

と頭を下げ、

「ささっ、舟へ」

源太郎に促されて磐音が先頭で縄梯子を下り、一行は正徳丸を離れた。

小舟が正徳丸から風浦湊への最後の一丁を進む。

磐音とおこんは小舟の中央に並んで立ち、湊に集まった大勢の出迎えの藩士や漁師などを見た。

その群衆の間に緊張が走り、人込みが二つに分かれた。

豊後関前藩国家老の坂崎正睦が自ら船着場まで姿を見せたのだ。

御用船が江戸から戻ったとはいえ、国家老が直々に船着場まで出迎えることなどない。正睦が風浦湊に出るのは、藩主福坂実高《ふくさかさねたか》が参勤交代の出立《しゅったつ》で出船する折りくらいだ。

それだけに湊にざわめきが走った。

「父上に、なんと母上と伊代まで」

磐音も驚きの声を発した。

正睦は照埜と伊代を伴い、湊に立った。

磐音とおこんが小舟から深々と腰を折り、頭を下げた。

「ご家老が物産所に来ちょると聞いたが、嫡男の磐音様の帰国じゃわ」

「ははん、倅《せがれ》どのが藩に戻りよる」

「脱藩した磐音様が復藩するんかえ」

「親父様は国家老、坂崎家は殿様の覚えもいい。復藩してなにがおかしいんか」

「そりゃそうじゃのう」

そんな野次馬の話に、集まった藩士の間に険悪な雰囲気が漂い、そのうちの何人かが大手門のほうに走り去った。

漁師らのさがない興味は次に移っていた。

「磐音様のかたわらの女子はだれかえ」

「えらい器量よしじゃわ」

「こりゃ、けえ魂《たま》がった。あげな白い顔んした女子は関前城下にゃおらん。眩しいのう」

「ど外れた器量よしじゃが、だれかえ」

「待たんか」

と言い出したのは網元の隠居だ。

「借上《かりあ》げ船の水夫に聞いたこつがある。磐音様には、江戸の今小町と評判の女子がついちょるち。あれは今津屋《いまづや》のおこんさんじゃわ」

「隠居、磐音様が藩に戻っち、おこんさんと所帯を持つんかえ」

「見ちみい。ご家老一家でお出迎えじゃ。あれが示しちょろうが」

「隠居、まず間違いねえ」

勝手な揣摩臆測《しまおくそく》の中、小舟が風浦湊の船着場に着いた。

磐音がまず上がり、おこんに手を差し出した。会釈《えしやく》したおこんの笑みを間近で見た出迎えの人から思わず嘆声が起こった。

磐音に付き添われ、おこんは船着場から石段を上がった。するとそこに照埜が立っていた。

おこんと照埜は視線を交わらせ、まず無言の裡《うち》に会釈をし合った。

「こんにございます」

おこんの言葉に、照埜がおこんに歩み寄り、黙って両腕におこんを抱き寄せ、

「おこんさん、ようも関前まで参られましたな」

と万感の思いを籠《こ》めて言った。

おこんはなにか言葉を返そうとしたが、胸が詰まり、用意していた言葉はなにひとつ口から出なかった。

女二人は湊で対面の感慨を胸に仕舞い、黙って抱き合っていた。肌と肌の温もりが二人の女の想いを相手に伝え、それに応じていた。

おこんの心配も照埜の願いも、その瞬間に霧散していた。そのかたわらでは伊代が瞼《まぶた》を潤ませて立っていた。

「磬音、ご苦労であったな」

正睦が磬音を労《ねぎら》った。

磬音は黙礼した。

「早足の仁助《にすけ》におよそのことは聞いたが、江戸は変わりないか」

「格別ございません。殿がおこんさんと会いたいと願われたゆえ、富士見坂の藩邸にお連れしました。その折り、殿もお代《だい》の方さまもご壮健にあられました」

「それは重畳《ちょうじょう》、おこんさんの面会が叶《かの》うたとな」

磬音は頷《うなず》くと、

「おこんさんに殿はこう仰せられました。磬音の生まれ育った関前城下をとくと見て参れ、実高が許す、と」

「磬音、そなたはこれでようやく、明和九年の騒ぎの呪縛から逃れることができるな」

磬音は正睦に小さく頷いた。

「父上、おこんさんは船中、母上との対面ばかりを案じて参りました」

「照埜とおこんさんの二人の様子を見れば、もはやそなたの不安も消えたであろう」

「はい」

と答えた磐音に、

「船中、なんぞ異変があったか」

と正睦が訊いた。

二隻の御用船と船着場との間を、目付を乗せた小舟が往来するのを正睦は承知していたのだ。

「豊後一丸の揚げ蓋《ぶた》上の荷を失いました。野分《のわき》から船を守るための刎荷《はねに》で、致し方なき仕儀かと存じます」

「この季節、揚げ蓋上の荷を失うただけの被害なら、上出来と申せよう」

磐音は、父子の会話をだれ一人聞いていないことを確かめると、警護方住倉《すみくら》十八郎《じゅうはちろう》と豊後一丸の副船頭虎吉《とらきち》の死を、そして、その経緯《いきさつ》と背景を、推測を交えてざっと語った。

「なんと、船にそのような怪しげな者が潜り込んでおったか」

「父上、豊後関前藩には直接関わりなきことにございます」

「城中のさるお方の推量はついておるのか」

正睦は日光社参の折り、佐々木玲圓《れいえん》と磐音が、密《ひそ》かに同道した大納言家基に随《ずい》身《じん》したことを、後に玲圓より聞いていた。

「はい」

「遠江相良《とおとうみさがら》の御仁かな」

「いかにもさようにございます」

豊後関前藩国家老職の正睦だ、江戸の政情には敏感であらねば勤まらない。老中にして遠江相良藩主田沼意次、意知《おきとも》父子かと遠回しに言い当てた。

「父上、湊での立ち話もなんでございます。長旅をしてこられたおこん様を屋敷に早うお連れしとうございます」

と伊代の催促する声が二人を現実に引き戻した。

二

坂崎家は中老職から国家老の地位に就いた後、外堀屋敷町から大手門西の丸内に屋敷替えしていた。

磐音にとっても初めての屋敷である。門構えからして、外堀屋敷町にあった中老屋敷より何倍も大きく、かつ古びて見えた。だが、永年の風雪に耐えた屋敷は毎日掃除や手入れがなされているとみえ、歳月をそこここに感じさせて、何百年を経た古木のように堂々とした風格があった。

先の国家老職宍戸文六は、この古びた家老屋敷を嫌って、岩浜の風光明媚《めいび》な土地に豪奢《ごうしゃ》な浜屋敷を普請し、そちらに住んでいた。

「おこんさん、それがしも初めての屋敷にござる」

磐音は門前でおこんに説明した。

「磐音様が生まれ育ったお屋敷とは違うのですか」

「それがしが物心ついた頃の屋敷は、今通ってきた大手門外の南側にあってな、それがし、母上らに内緒で外に出るときは、裏手にある宋道院《そうどういん》と申す寺と接する塀を乗り越えたものだった」

「そなた、母の目を盗んで出入りをしていると考えておられたようじゃが、すべて承知していましたよ」

と二人の会話を聞いた照埜が加わった。

「母上、承知しておられたのですか」

「むろん承知です」

「驚いた」

と磬音が答えたとき、

「磬音様」

と年老いた声がして、老僕の佐平《さへい》が腰の曲がった体で磬音に歩み寄ってきた。

「佐平、元気そうじゃな」

「気持ちは若いつもりでございますが、体がこのとおり曲がってしまい、十分な奉公が適《かな》いません」

「永年の務め、ご苦労であった。仕事は若い者に任せてのんびりいたせ」

「有難いお言葉にございます」

と眼を潤ませた佐平が、

「お隣におられる方がおこん様にございますか」

と必死で腰を伸ばし、顔をおこんに向けた。

門内には坂崎家の奉公人、用人頭《ようにんがしら》の笠置政兵衛《かさぎまさべえ》以下数十人が並んで待ち受け、久しぶりに帰国した坂崎家の嫡男を迎えている。屋敷替えに伴い、新しい奉公人も増えていて、磬音が知る顔はおよそ半数ほどだ。

「いかにもおこんさんだ。それがしの嫁女になる方だ」

磬音は坂崎家の門前ではっきりと告げた。それを聞いた奉公人から頷きの声が洩《も》れた。

「おこん様、よう関前に見えましたな。ご家老様、奥方様をはじめ、われら奉公人も首を長うしておこん様到来の日を楽しみにしておりました」

おこんが佐平の手を取り、何度も上下に振って、

「私も皆様にお目にかかるのを楽しみにして参りました」

と答えると、ついに佐平の瞼から涙が滂沱《ぼうだ》と零《こぼ》れ始めた。

「佐平さん、私はしばらくお屋敷に逗留いたします。ゆっくりと磐音様の幼き日のことなどをお聞かせください」

「へい、承知しました」

門前に人の気配がして東源之丞が姿を見せ、

「なんだ、佐平につかまって未だ屋敷にも上がっておらぬのか。ご家老が座敷で待ち草臥《くたび》れておられるぞ」

と大声を上げた。

それをきっかけに磐音とおこんは奉公人らに挨拶しながら、玄関の式台前へ向かった。その後を辰平が緊張の様子で従い、

「坂崎様、私も屋敷にご厄介《やっかい》になってよいものでしょうか」

「辰平どの。関前逗留中はこの家をそなたの屋敷と思うて気儘《きまま》に使うてくれ。もっとも、それがしも初めてで勝手が分からぬが」

磐音は佐平を呼んで、

「井戸端にわれらを案内《あない》してくれぬか。手足を洗いたいでな」

と言った。

「磐音様、内玄関に濯《すす》ぎ水を用意してございます」

内玄関に二つ、木桶《きおけ》に水を張ったものが置かれ、かたわらに若い女中が手拭《てぬぐ》いを提げて待ち受けていた。

「おこんさん、そなたはここで濯ぎ水を使うてくれ。それがしと辰平どのは井戸端に参ろうか」

「初めてのお客人に、あまりにも非礼ではございませぬか」

佐平が辰平のことを気にした。

「それがしは、江戸では裏長屋住まいの身じゃ。辰平どのも直参旗本のご子息とは申せ、佐々木道場では稽古《けいこ》の後では井戸端で汗を拭《ぬぐ》うのが習慣じゃ。構わぬ」

「ならこちらへ」

磐音と辰平は冷たい井戸水をたっぷりと使い、潮風を受けた船旅の埃《ほこり》と汗を清めた。

井戸端の暗がりから秋の虫が集《すだ》く声が聞こえ、そこはかとなく夏蜜柑《みかん》の香りが漂っていた。

「辰平どの、それがしが生まれ育った昔の屋敷にも夏蜜柑の木があったが、この屋敷にも植えられているらしいぞ」

「城中の御屋敷の中に夏蜜柑の木とは、江戸ではまず考えられません」

佐平が持参した手拭いで顔や手足を拭った二人は、おこんの待つ内玄関へと向かった。

「案内《あない》つかまつります、磐音様」

廊下に控えていた若侍が案内の声を発した。

用人水城《みずき》祐五郎《ゆうごろう》の嫡男秀太郎《ひでたろう》だった。

「秀太郎、久しいのう。親父どのは息災か」

「父は二年前に卒中に倒れ、ただ今、長屋で養生しております。ご家老の勧めで、未熟ながら父の代わりに用人を務めております」

「親父どのは卒中に倒れたとな。近々見舞いに参る」

「滅相もないことでございます」

と遠慮した秀太郎が案内に立った。

国家老屋敷だ、さすがに広い。秀太郎が捧げ持つ手燭の灯《あか》りに次々に浮かぶ屋敷の板廊下も梁《はり》も柱も、確かに古びてはいた。だが、白鶴城の建造と同じく寛永《かんえい》年間（一六二四〜四四）に建てられた屋敷の素材は、吟味されていて節一つない。また大工の腕がよかったとみえて未だ一分の狂いもなかった。

正睦や照埜の意思を反映してか、それらの造作に丹念な手入れがなされ、掃除が行き届いてどこもが黒光りしていた。

庭に面した奥座敷から大勢の人の気配がした。

おこんが立ち止まり、深呼吸をした。

磐音も辰平も足を止めた。

手燭も止まった。

「おこんさん、大丈夫だ。すでにそなたは母上と分かり合うたではないか」

「はい。照埜様に抱き締められた途端、緊張も解けました」

「もはや坂崎家が認めたそれがしの嫁じゃ、堂々と振る舞うがよい」

「はい」

そんな二人の会話を秀太郎と辰平が見守り、再び四人は進み始めた。

座敷からの灯りに、庭の梅の古木が浮かんだ。ごつごつとした枝が支え木に助けられ横へと長く伸びていた。まるで老いた龍が地面に伏せたような古木だった。

「おおっ、参ったか」

正睦の声がして、磐音とおこんは廊下に座した。

その後ろに辰平も座った。

「父上、母上、おこんさんと松平辰平どのを伴い、関前に戻りました。父上にも母上にも壮健のご様子、祝着《しゆうじやく》至極にございます」

磐音は改めて対面の挨拶をした。

「磐音、よう戻った。おこんさん、遠路はるばるようも旅して来られた。この屋敷、そなたの家と思うて存分に過ごされよ」

「そなたは磐音の大事な嫁にございますものな」

「正睦様、照埜様、私には勿体《もったい》なきお言葉にございます」

「ささっ、こちらへ参られよ。ここに集う者は身内と身内同然の者ばかりじゃ。ただ今紹介するで、松平辰平どのも一緒に入ってこられよ」

と正睦が差し招いた。

「正睦様、ご挨拶の前にお願いの儀がございます」

「おこんさん、遠慮のう申されよ」

「お許しいただけるなら仏間に通させていただき、ご先祖様の霊前にお参りさせてくださいませ」

「おこんさんの気持ち、有難くお受けいたそう。照埜、伊代、おこんさんを仏間にな」

　正睦の言葉におこんが仏間に向かい、磐音と辰平も従った。

「磐音様、お先にどうぞ」

　おこんはまず最初に、坂崎家の嫡男である磐音を仏壇の前に座らせようとした。

「おこんさん、そなたもそれがしのかたわらにな。辰平どのも、なにかの縁じゃ。ご先祖に線香を手向《たむ》けてくれぬか」

「承知しました」

　磐音は、中老屋敷から運んでこられた見覚えのある仏壇の位牌《いはい》に合掌し、胸の中《うち》でおこんを、

（磐音の嫁にございます）

　と紹介した。

　おこんも瞑目《めいもく》して手を合わせ、坂崎家の先祖に、

（不束《ふつつか》なこんにございますが、生涯磐音様と寄り添わせてください）

と合掌した。

広座敷には坂崎家の当主の正睦、照埜夫婦、井筒家の隠居の洸之進《こうのしん》と綾女《あやじょ》老夫婦、倅の源太郎と伊代の若夫婦、そのかたわらには遼次郎も控えて、ただ今は在所全てを監督する郡《こおり》奉行の要職に就いている東源之丞が加わり、そこへ磐音、おこん、辰平の三人が混じった。

行灯《あんどん》の灯りに照らされたおこんの顔は青白く、再び緊張の様子が漂っていた。それがおこんの顔を凜然《りんぜん》として高貴なものにしていた。

「うーむ」

と井筒洸之進が呻《うめ》いた。

「源太郎からおこんどのの美しさは聞かされておったが、想像した以上じゃな。さすがは江戸じゃ、このような女子がおられるのか」

「おまえ様、そうあからさまに申されますな。おこん様は両国小町とか今小町と呼ばれる女性とか。江戸でも格別なお人ですよ」

と綾女が注意したが、

「正直に申してなにが悪い。そうでありましょう、照埜様」

と照埜に振った。

おこんは恥ずかしさに顔を下に向けて赤面していた。

「井筒のご隠居様、私はおこんさんのお顔立ちも気性も、会う前からとくと承知しておりましたよ」

「おや、会う前からとな。で、会うていかがでしたな」

「さすがは磐音。これ以上はないという女性を選びました」

照埜が平然と答え、一座に和やかな笑いが起こった。

だが、おこんは赤面した顔を上げられなかった。

「江戸から三人を迎えて一献差し上げたい。じゃが、その前に一座に報告しておくことがござる」

正睦の言葉に、談笑を始めていた一座に新たな緊張が走った。

「それがしが昨年江戸に参府いたし、家治様の日光社参の一員として随行いたしたことは皆承知じゃな。その折り、浪々の身のわが倅、磐音と江戸で再会いたした。磐音もまた勘定奉行太田《おおた》播磨守《はりまのかみ》様に随行し、今津屋の一員として日光社参に向かうと聞かされた。じつは剣術の師佐々木玲圓先生とともに徳川一門のさるお方に密かに随行していたらしい。その道中、思いがけないことが起こった。上様がなんと藩主福坂実高様とそれがしの二人を呼ばれ、お目通りを許されたのじゃ。日光社参には御三家御三卿《ごさんきょう》をはじめ、三百諸侯直参旗本など何十万ものお歴々が随身なさるが、われら二人だけ、家治様直々のお声がかりじゃ」

一座も知らない話で、驚きの声が起こった。

「家治様はなんとそれがしに、正睦、そのほう、よき倅を持ったな、といきなりお褒《ほ》めの言葉をくだされたものじゃ。また日光社参ではそのほうの倅に面倒をかけておるとも付言された。さらに上様は実高様に、実高、惜しい家来を外に出したものよと話しかけられた。実高様も、磐音を外に出した覚えはございませぬと必死に訴えられた。だが、上様は、坂崎の倅は江戸にあってなにやかやと働いておる、と仰せられた。言外にじゃが、諦《あきら》めよと命じられたのじゃ。その折り、実高様には蜂屋《はちや》兼貞《かねさだ》の短刀を、それがしには時服《じふく》をお下げ渡しになられた」

「おまえ様、あの時服は上様からの頂戴物にございましたか」

照埜が愕然《がくぜん》として訊いた。

その問いに頷いた正睦が、

「上様が去られた後のことだ。実高様は、惜しい家来を外に出したと上様が仰せられた。正睦、予は磐音を手放したことはないぞ、と身を震わせて慟哭《どうこく》なされた。そのとき、わしは磐音がわれらの許《もと》から遠くに旅立ったことを覚《さと》らされた。坂崎家に戻ることもない、関前藩への復藩などありようもない。そのことを翻然と覚らされた」

一座は正睦の思いがけない話に森閑《しんかん》としていた。

「こたび、磐音がおこんさんを伴い、関前に戻ってきたには理由《わけ》がござる」

「ご家老、おこんどのとの祝言ですな」

と東源之丞が性急にも訊いた。

「郡奉行は相変わらずせっかちよのう」

と笑った正睦が、

「確かにおこんさんと磐音は祝言いたす。だがその前に、磐音は江戸の剣術界で人望と技量で知られる佐々木玲圓どのの養子となり、こたび増改築されたという尚武館《しょうぶかん》佐々木道場の後継となる」

一座にざわめきが起こった。

「おこんさんは上様のご信頼厚い御側御用取次《おそばごようとりつぎ》速水左近《はやみさこん》様の養女となり、佐々木磐音と変わった磐音と祝言いたす」

おおっ！

大きなどよめきが起こり、次に一座を粛然とした沈黙が支配した。

長い沈黙を破ったのは照埜だ。

「おまえ様、磬音は私が腹を痛めた子にございます。ですが、おまえ様の話を初めて聞かされ、磬音は最初からいなかったものと諦めることにいたしました」

磬音は母の覚悟に返す言葉もなかった。

「おこんさん、磬音をお頼みします」

照埜の視線を受けたおこんがその場に両手を突いて平伏し、

「不束ながら、私、この一身を捧げて、磬音様のお力になりとうございます。どうかお許しくださいませ、照埜様」

「おこんさん、許すもなにも、上様も承知のわが倅、実高様のお嘆きを思えば、私の哀《かな》しみなどなにほどのことがございましょう。坂崎家は正睦の代で終わりにする覚悟ができました」

と照埜がさばさばと言い切った。

「照埜、そのことでそなたに相談がある。いや、照埜にも一座のご一統にも得心してもらいたいことがある」

「おまえ様、まだなんぞございますのか」

照埜はまだ話があるのかという顔で正睦を見た。

「この話、ここにおられる井筒のご隠居と源太郎どのしか与《あずか》り知らぬ話じゃ。そう思うて聞いてくれぬか」

「はい」

照埜が訝《いぶか》しげな顔で頷いた。

「磐音が家を離れた以上、坂崎家は断絶いたす。そのことは惜しゅうはない。だが、藩政改革はただ今緒《しょ》についたばかり。関前藩が健全な藩運営と財政を取り戻すには、われらの代だけでは成し遂げられぬ。河出慎之輔と小林琴平が命を落とし、磐音が藩の外に出なければならなくなった『宍戸文六騒乱』の時代に戻してはならぬ。ために、わが意を新しき人物に託したいと思うたのじゃ」

「源太郎どのを坂崎の家に入れると申されるのですか」

「照埜、それはここにおられるご隠居が許されるはずもない」

「と申されますと」

「井筒の家から次男の遼次郎どのを養子に迎えようと思うのだ」

一座に思い思いの驚きやら衝撃が走った。

「ご家老、それがしには磐音様の代わりなど務められませぬ」

遼次郎が困惑の体《てい》で言った。

磐音は最前からの父の話しぶりで、遼次郎の人柄などをすでに勘案吟味した上での決断と悟っていた。確かに遼次郎は若く、未だ若木といえた。どのような枝を伸ばすか、推測もつかなかった。だが、正睦が手許《てもと》に置き、源太郎が支えて勉学をなせば、立派な大木に育とうと磐音は得心した。

「遼次郎どの、そなたはそれがしの代わりではない。そのことは考えるに及ばぬ。そなたはそなたの考えで、父上が申された提案をとくと思案してくだされ」

「磐音様、思案した末に、この重荷、背負いきれぬと思えば、お断りをしてもよいのでございますのか」

「これ、遼次郎」

実兄の源太郎が弟の無作法に注意を与えた。封建社会の中で、二家の家長が相談して決めたことに異議を唱えるなど考えられなかった。まして、坂崎正睦は今や関前藩の中興の人と呼ばれる国家老だ。

「致し方なきことです」

磐音が答え、正睦に同意を求めるように見た。

「遼次郎、一両日の猶予を与える。得心のいく答えを見つけよ」

「ご家老、畏《かしこ》まりました」

と答えた遼次郎が磐音を正視した。

「磐音様、二日後、中戸道場の朝稽古に出向きます。その折り、稽古を付けていただけませぬか」

「承知した」

「その場で、磐音様にそれがしの答えを申し上げとうございます」

頷く磐音のかたわらで正睦が手を叩《たた》き、待機していた女衆《おんなし》が酒と膳《ぜん》を運び込んできた。

三

和やかにも宴《うたげ》は四つ（午後十時）の刻限まで続き、お開きになった。おこんらは奉公人が立ててくれた湯で長旅の旅塵《りょじん》を流し、寝巻きに着替え、用意された座敷に通った。すると床が二つ並べて敷かれてあった。控えの間には、船から届けられた長持ち二棹《さお》が並べられていた。

床の間の刀架には備前包平《びぜんかねひら》二尺七寸（八十二センチ）と無銘の脇差《わきざし》一尺七寸三分（五十三センチ）が見えた。磐音が藩を離れたとき、坂崎家から持ち出したものだ。

おこんは身の周りに用意していた荷の中から化粧道具を出し、うっすらと寝化粧をした。

磐音と辰平も交替で湯を使ったようで、磐音だけが、

「さっぱりした」

と言いながら座敷に姿を見せた。

「どうであった、おこん」

「思い切って来てようございました」

「終わったな」

「いえ、お付き合いが始まったばかりです」

「そうだな」

「私たち、一緒に床を並べてよいものでしょうか」

磐音は立ったまま二つ並べられた夜具を見ていたが、

「母上らも悩んだ末に二つ、床を敷き延べたのであろう。ご厚意は素直に受けよ

うか」

しばし沈思したおこんが頷いた。

「疲れたであろう、明日は墓参に参るそうな。休もうか」

「はい」

おこんは床の一つに身を滑らせた。するとかたわらに磐音が入ってきた。

「そなたが寝に就くまで一緒にいよう」

おこんは磐音の体の温もりを感じてほっと安堵《あんど》した。

「磐音様、私たちのことはさて置き、遼次郎様が坂崎家に養子に入られるという正睦様のお考え、ようございましたね」

宴の席で井筒家の隠居の洸之進は両家の身分違いを鑑み、ご家老にお断りを何度も入れたと告白した。

井筒家は御旗奉行二百三十石の中堅藩士であった。

これに対して坂崎家は代々の中老職六百三十石から国家老の座に昇り詰め、磐音は知らなかったが、禄高《ろくだか》も二千三百石と増えていた。

正睦は宍戸文六騒乱が終結した折り、藩主実高の直々の命で国家老の要職に就いた。だが、禄高は据え置きとして六百三十石のままで数年を過ごしてきた。

正睦は藩の財政が回復するまで藩士らの半知借上げをやめるつもりはなく、また坂崎家の禄高もそれに準じたままにしておいた。そのせいで国家老の禄高よりも上という藩士が何家もあった。

実高はそのことを気にして、

「正睦、大名家の家臣には自ずと諸々の序列が決まっておるものだ。国家老のそなたより禄高が上だと、水野《みずの》と菅沼《すがぬま》ら四家が恐縮しておるわ。坂崎の家禄を上げるか、四家の禄高を下げるか、せねばなるまいぞ」

と何度も迫られていた。

昨年の暮れ、藩士の禄米借上げを停止し、旧に復したことをきっかけに、坂崎家は千六百七十石の加増を受け入れた。

だが、正睦は関前藩国家老の禄高二千三百石の内、半知借上げを自らに課し、今まで同様の暮らしを一族にも奉公人にも強いていた。

ともあれ坂崎家が関前藩上士であり、井筒家が中士と身分違いであることは確かだった。

正睦は伊代を井筒家に嫁に出すときも、井筒家が坂崎家同様、藩主福坂家の譜《ふ》代《だい》として忠義を尽くしてきた家系を大事に思い、源太郎の人柄を認めて伊代とのと思えた。
婚姻を認めた。それと同様に、こたびの養子縁組も遼次郎の人物をまず見ての上
「父はよくも決断なされた。家中には、父が井筒家ばかりを贔屓《ひいき》にするというよ
うに嫉妬《しっと》の声も上がろう。遼次郎どのには茨《いばら》の道が待っておる。だが、父が見抜
かれたように、遼次郎どのにはそれを跳ね返すだけの力も才も備わっているよう
にそれがしも思う」
「そのためにはまず遼次郎様の承諾をいただかなければなりませんね」
「いかにもさよう。この二日悩んで悩みぬかれような」
と磐音は返事をした。
「磐音様、私のために気を遣われたでしょう。申し訳ございません」
「おこん、亭主が女房のために気を遣うは当然ぞ」
磐音は両腕におこんのしなやかな細身を抱いた。磐音の鼻腔におこんの香りが
広がった。
「ゆっくり休むがよい」
「はい」
四半刻《しはんとき》（三十分）後、磐音の腕の中でおこんが寝息を立て始めた。

翌朝七つ（午前四時）前、磐音が腰に脇差だけを身につけ、木刀を手に屋敷を出ようとすると辰平が、

「ご一緒させてください」

と姿を見せた。

辰平の手には二本の竹刀《しない》があった。

門番の栄造《えいぞう》が、

「磐音様、お早うございます」

と目を瞬かせて通用口を開けてくれた。

「栄造、元気そうじゃな」

「体だけはいたって元気にございます。もう孫が二人もおりますよ」

「なにっ、祥作《しょうさく》に二人の子ができたか」

「はい」

「目出度《めでた》いな」

祥作は栄造の長男で磐音より二つ年下であった。

「祥作にも会いたいものだ」

磐音と辰平は通用口を出ると大手門を潜《くぐ》り、白鶴城の北側へ延びる須崎浜に出た。

「辰平どの、眠れたか」

「前後不覚に熟睡いたしました。揺れぬ床はよいものですね」

と辰平が正徳丸のざこ寝の床を思い出したか、苦笑いをした。

その正徳丸と豊後一丸が城下の内海に帆を休めているのが見えた。

磐音と辰平は砂浜で裸足になり、木刀と竹刀の素振《すぶ》りから朝稽古を始めた。船中体を動かしていたとはいえ、限られた船での稽古だ。自ずと動きは制限された。それだけに二人の体内に溜《た》まっていた不満を吐き出すように激しく、軽やかに砂浜を動き回った。

体を解《ほぐ》した二人は辰平が持参してきた竹刀を遣い、打ち込み稽古をした。むろん打太刀《うちだち》は磐音、仕太刀《しだち》は辰平だ。

二人だけの濃密な打ち込みが四半刻も続けられた頃、まだ薄暗い浜に船が乗り上げた。漁師の船ではなかった。船着場を避けて荷でも上げ下ろしするのか、怪しげな船だった。

船には数人の男たちが乗り組んでいた。

「親方、約定《やくじょう》の刻限に遅れたけん、相手が見えん」

「よか、早《と》う運び込まんね」

という会話が磐音らの耳に聞こえ、会話する者たちも磐音と辰平を気にしている様子だ。

「早いな、なんぞ荷揚げか」

という磐音の問いに、
ぎょっ
とした警戒の様子が船上の男たちの間に走った。

「他所者《よそもの》ごたる」

「いかにも、江戸から参った者じゃ」

と磐音が身分を隠して答え、

「夜明け前になんの荷下ろしか」

と問うた。すると親方が、

「先生、酒ば酔い食らって寝とらんで目ば覚まさんね。仕事ばい」

と呼びかけると、船に積まれた荷の陰から三人の浪人がのろのろと起き上がり、
その一人は片手を襟《えり》の間に突っ込んで、肩の辺りをぼりぼりと掻《か》いた。

「先生方、ちいと人払いばしてくんない」

櫓を握る手下《てか》が命ずると三人が船の舳先から浜に飛び下りた。

磐音と辰平はその様子を黙然と見ていた。

「そのほう ら、何者か」

「旅の者と答えておこう」

「ならば痛い目に遭《あ》わぬうちにさっさと立ち去れ」

黒っぽい小袖に袴はよれよれで、異臭さえ漂ってくるようだ。武者修行の途次、初心を忘れて餓狼《がろう》の群れに入った、そんな印象の浪人三人だ。一人は柄が五尺ほどの槍《やり》を抱えていた。

「明け方とは申せ、いささか怪しげな振る舞いじゃな」

「関《かか》わりになるなと申したぞ」

苛《いら》ついたように短槍の浪人が穂先を二人に向けた。

「坂崎様、それがしが相手をしてようございますか」

辰平の頼みに磐音が、

「あまり手厳しゅうしてはならぬぞ」

磐音は竹刀を木刀に持ち替えた辰平に注意しながら、浜を見詰める別の男たちの姿を目の端に留めていた。

この船の荷を受け取りに来た連中だろう。松林の中から浜の成り行きを窺《うかが》っている。人足を率いているのはお店者《たなもの》、番頭と思える男だった。

辰平が三人の前に立った。

「若造め、嘗《な》めくさったか」

懐手《ふところで》にした男が、襟の間から出したその手で無精髭《ぶしょうひげ》の顎《あご》をぼりぼりと掻いた。

短槍の男が辰平に穂先を突き出した。

辰平が木刀を正眼《せいがん》に取ると、

「そなた方は知るまいが、江戸は神保小路《じんぼうこうじ》尚武館名物軍鶏踊りを一手ご披露《ひろう》申し上げる」

と言うと、先手をとって、いきなり左手の仲間のほうへと飛んだ。

相手は刀を抜いて構えていたが、不意を打たれた格好だ。一番手は短槍の仲間と信じて油断をしていただけに、狼狽《ろうばい》した男は慌《あわ》てて刀を辰平に突き出した。

辰平の木刀が迅速に動いて、突き出された刀の平地《ひらじ》を叩き、次に迅速に変転した木刀が肩口に転じて打ち込んでいた。

「うっ」

と押し殺した声を洩らし、浜に倒れ込んだ。

次の瞬間、辰平は短槍を突き出す相手の千段巻《せんだんまき》を弾いて穂先を流し、相手の内懐に飛び込んで、木刀で腰の付近をしたたかに殴り付けた。

辰平は旅に出て度胸がついたか、なかなかの実戦剣法を発揮していた。

懐手をしていた三人の頭分が、慌てて懐から利き腕の右手を抜こうとした。だが、その余裕を与えることなく辰平は相手の肩口を殴って見事にその場に転がした。

「ほう、辰平どの、それが尚武館名物軍鶏踊りか。なかなか見事な早業じゃな」

「坂崎様、でぶ軍鶏の利次郎《としじろう》らとふざけ半分に、多勢の戦いを想定して創案した動きにございます。役立つかどうか試してみました」

と余裕の返事だ。

「なかなか理に適うておるぞ。もそっと相手に動きを覚らせぬよう工夫いたさば、さらに技に磨きがかかろう」

「そうですか」

辰平が嬉《うれ》しそうに破顔した。

その間に、辰平に倒された三人はほうほうの体で船に逃れ、船は急ぎ浜から海へと後退していった。

磐音は海から転じて松林を見たが、荷を受け取りに来た連中の姿も消えていた。

「ご城下にもあれこれ闇《やみ》に動く連中がおるようじゃ」

と呟いた磐音は、

「辰平どのには造作をかけたな」

「坂崎様からお褒めの言葉をいただくのは初めてです」

と辰平もいかにも嬉しそうだ。

「さて戻ろうか」

磐音が坂崎家に戻ると、おこんが長持ちの一つの蓋を開いて、江戸から持参した贈り物を点検していた。

床が片付けられた十二畳の座敷一杯に、各種反物や小間物、さらには京菓子、江戸菓子の甘い物、正睦には南蛮渡りの老眼鏡などが広げられていた。さらに奉公人の士分格には時節の羽織袴、中間小者《ちゅうげんこもの》にはお仕着せの法被《はっぴ》、女衆には駿府《すんぷ》の縞絣《しまがすり》の反物などが、坂崎家の奉公人の人数分以上に積み上げられていた。

「おこんさん、いつの間にこのような品々を用意いたしたな」

「いえ、この大半はお佐紀《さき》様と老分《ろうぶん》さんが用意されたものです」

「これではまるで商いのために関前に来たようじゃな」

「ともあれ、お身内の皆様にお分けするのがひと仕事です」

と言いつつおこんが、

「正睦様への南蛮渡りの眼鏡《めがね》、照埜様への櫛笄《くしこうがい》……」

と身内や井筒家、さらには奉公人まで丁寧に分けていった。そこへ廊下に足音がして、

「兄上、おこん様、朝餉《あさげ》にございます」

と伊代が呼びに来た。

伊代は夜の内に一旦井筒家に戻ったが、朝また手伝いに坂崎家に姿を見せたようだ。

「伊代か、入れ。ただ今店開きをしておる」

「なんでございますか」

伊代が座敷の光景に目を丸くした。

「土産《みやげ》じゃそうな」

絶句した伊代が声を張り上げた。

ますよ」

「なんですね。嫁に行った女が朝から大声を張り上げるなど、はしたのうございますよ」

と姿を見せた照埜も、

「まあっ」

と言うと言葉を失った。

「母上、兄上が申されるには、おこん様のお土産だそうです」

「いくらなんでも、小間物屋から呉服屋が開けそうですよ」

「照埜様、伊代様、この大半は、今津屋のお内儀《ないぎ》のお佐紀様と老分番頭の由蔵《よしぞう》さんが密かに揃《そろ》えられたものにございます。船に積み込まれたとき、関前に落ち着いてから長持ちの蓋を開くようにとのことでしたが、私もただただ驚いております」

とおこんも、照埜と伊代同様言葉を失ったようだ。そこへ、

「朝から賑《にぎ》やかよのう」

と正睦まで廊下に立って、

「これはこれは、おこんさん、早、関前に嫁に参られたか」

と普段は滅多に口にすることのない冗談を言った。

「父上、それがしも今津屋どのの親切には度肝を抜かれております」

「なにしろ江都《こうと》一、いや日本有数の分限者《ぶげんしゃ》ゆえ、やることが万事大がかりじゃな」

「正睦様、今津屋は確かに大店《おおだな》かもしれませんが、普段から華美な暮らしを許すお店でも旦那《だんな》様でもございません。ですが、これぞと思うときには金銭を惜しまれません」

「いかにもさようかな。なにしろわしも先の日光社参の資金を今津屋どのが中心になって集められた底力、目の前にして驚嘆いたした覚えがある」

「父上、藩の御用船に長持ちが乗らないようであれば、千石船を一隻借り受けなされと今津屋どのが由蔵どのに命じられ、由蔵どのもその気で手配をなされようとしたほどです」

と磐音も言葉を添え、おこんが、

「正睦様にはそろそろ眼鏡が入り用かと、由蔵さんが南蛮渡りのものを見付けてこられました」

と革の箱に入ったものを差し出した。

「これが眼鏡か」

正睦が蓋を開けると、渋い鼈甲《べっこう》縁の眼鏡が姿を見せた。

「見たこともないな。なぜ換えのレンズまで揃うておるのかのう」

と眼鏡を手に調べていた正睦が、

「おおっ、それぞれの目の具合に合わせてこのように何枚ものレンズが用意されておるのだ」

と言うと、対になったレンズの一組を鼈甲縁に嵌《は》め込み、小さな留め金を掛けて固定した。その眼鏡を掛けた正睦が自分の掌《てのひら》を確かめていたが、

「驚き入った次第かな。細かい皺《しわ》までよう見えるわ」

と感嘆した。

因《ちな》みにレンズとは阿蘭陀《オランダ》語で、長崎からレンズそのものも言葉も豊後関前には伝わっていた。

「おまえ様、それは老眼鏡にございますな」

「照埜、この歳じゃぞ、老眼鏡に間違いないわ」

「私には未だ要《い》るとは思えません」

「ならば掛けてみよ」

と正睦が照埜に渡し、恐る恐る眼鏡を掛けた照埜がしげしげと正睦の顔を見て、

「おや、おまえ様のお顔には染みやら皺が仰山ございますな。確かによう見えます」

「照埜、要らざることじゃ」

と正睦が応じ、笑いが起こった。

四

土産や贈り物を入れた長持ちは開けられたが、お佐紀がおこんに、

「お屋敷に落ち着いたとき、畳紙《たとうがみ》を開いて身にあてててください」

と念を押した長持ちには手を付けなかった。

お佐紀が磐音とおこんの衣服を新調して持参させたと考えていたので、敢えてその場で開くことはしなかった。

なにより朝餉を食した後、坂崎家菩提寺への墓参が待っていた。

おこんは早々に朝餉を終えた後、照埜が呼んでいた髪結いに頼み、髪を結い直してもらった。女髪結いは坂崎家に永年の出入りとかで、おこんの髪を触って、

「私、初めて見ましたよ。こんなにも艶《つや》やかな御髪《おぐし》はまず触ったことがございません」

と言いながら、手際よく高島田に結ってくれた。

江戸から墓参のために用意してきた白綸子《しろりんず》地に紅葉《もみじ》と時雨《しぐれ》をあしらった小袖を着た。

江戸の中期から後期に移ろうする安永《あんえい》期（一七七二〜八一）、華やぎに満ちた装飾衣装から渋みの勝った文様へと、着物の流行《はやり》も変わろうとしていた。おこんの小袖も、友禅の華やぎと渋みが一枚の小袖に表現されていた。時雨に打たれた二枚の紅葉が絡《から》み合うように流水に落ち、新たな地へと旅立とうとしていた。

そんな裾《すそ》模様が磐音とおこんの行く末を表現しているようで選んだものだった。

磐音も佐々木家から頂戴した羽織袴を着用していた。だが玲圓は、新調するとき、おえいに命じて桔梗《ききよう》紋を入れずに無紋とさせた。坂崎家の思いを斟酌《しんしやく》してのことだ。

磐音とおこんが玄関に下りると見送りの奉公人から、

おっ

という静かなどよめきが起こった。

坂崎家の用人頭笠置政兵衛から一同を代表して、

「磐音様、おこん様、われらにも江戸よりのお心遣いをいただき、感激いたしております。ご家老より、磐音様は新たな旅立ちをなさるとお聞きいたしました。おこん様と末永くお幸せにお暮らしくださいませ」

と挨拶があった。

「政兵衛、痛み入る。それがし、本来ならばそなたらの先頭に立ち、関前藩のため、実高様のために汗を流して奉公すべき坂崎家の嫡男に生まれながら、かような仕儀に立ち至った。その理由はもはや説明の要もあるまい。それがし、江戸にて暮らすことと相成った。とはいえ、関前や坂崎家と縁が切れたわけではない。江戸では時に実高様のご面前に罷《まか》り出て、時節の挨拶をなすことを許されておる。なんぞあればいつでも会える」

「はい」

笠置政兵衛が緊張の面持ちで磐音の言葉に首肯《しゅこう》した。坂崎家を預かる用人頭の顔にはどこか安堵の様子が窺えた。坂崎家が養子を迎えれば、廃家に追い込まれずに済むことを正睦より知らされたからであろう。

式台に正睦が姿を見せた。

「ご家老。おこん様にも乗り物を用意してございます」

と政兵衛が言い、正睦が、

「養全寺に立ち寄ったあと、城中に向かう。乗り物は後ほど養全寺に回せ。おこんさんに御堀端界隈《かいわい》を見せたいでな」

と坂崎家の菩提寺まで徒歩で行くと宣言した。

「供も要らぬ。政兵衛と吉弥《きちや》、そなたら二人に頼もう」

松平辰平は、磐音とおこんのかたわらに神妙に控えていた。

「お城上がりの供揃いは、養全寺門前からでようございますか」

政兵衛が念を押す。

「それでよい」

すでに仕度を終えていた供揃いの家臣に待機の命が出され、正睦と磐音の父子は肩を並べて、関前藩国家老屋敷を出た。

「秋日和《あきびより》ですね」

「いかにも爽やかな日和かな」

と答えた正睦が、

「磐音、昨夜《ゆうべ》、佐々木玲圓先生の懇切極まりない書状を読ませていただいた。いつぞや江戸で申したな、そなたは関前藩という井戸から江戸という大海に移り住んだ者じゃ。佐々木先生がさらにそなたに大きな試練と活躍の場を授けられた。書状を読んで正睦感激一入《ひとしお》でな、ようも先生のお目に留まったと思うておる。そなたのことゆえ、佐々木家に入っても養父玲圓先生、養母おえい様を大切におこんさんと仲良く暮らすと思うが、父が今申した言葉、二人とも忘れるでないぞ」

と申し聞かせる言葉は、後ろに従う照埜、伊代、そして、おこんの耳にも届いていた。

「畏まりました」

「正睦様、こんも肝《きも》に銘じます」

うーむと頷いた正睦が、

「今津屋吉《きち》右《え》衛門《もん》どのからも真心の籠もった文をいただいた。尚武館と新たに名付けられた佐々木玲圓道場の柿《こけら》落としの大試合で、そなたが江都を代表する数多《あまた》の剣術家を退け、第一位に輝いたこと、佐々木玲圓先生の後継として十分なる資格にございましょうと知らせてこられた」

「いえ、それは……」

「磐音、父に話させよ」

「はい」

「そのようなことで有頂天になるそなたではないと父は信じておる。今後は玲圓先生がそなたの養父である。関前藩が蒙《こうむ》る危難よりさらに大きな困難が、そなたの前に待ち受けていると思える。だが、怯《ひる》むでない。そなたが生まれたとき、それがしは名を決めるのに悩んだ。磐音の名は、何千何万の時が造った巨岩が発する音という意で名付けた。何千何万の時が造った磐の風格と同時に、硬い巨石が軋《きし》みたてる微《かす》かな音にも耳が傾けられる人間たれとな」

「それがしの名の由来、初めて知りました。本日のこと、生涯忘れることはございませぬ」

「のう、照埜」

と正睦が振り向き、

「磐音とおこんさんに伝えたきことあらば、この場で申せ」

「もはやおまえ様がすべてを代弁なさいました。私の出番はございません」

と答えた照埜が、

「ほっほっほ」

と口に手を当てて満足そうに笑った。

「父上、ご多忙の砌《みぎり》、われらの向後から墓参までご配慮いただき、恐縮に存じます」

「正徳丸と豊後一丸の荷下ろしならば、藩物産所の者らに任せておけばよい。お蔭《かげ》でな、事業も軌道に乗り、すべて円滑に進むようになっておる」

「忘れておりました。今津屋の由蔵どのの口を通して若狭《わかさ》屋から言伝《ことづて》がございました。こたび、江戸に運び込まれた豊後椎茸《しいたけ》の冬茹《どんこ》のことにございます」

「おお、それじゃ」

「肉厚の椎茸は美味、香り上等、かたちが揃うている上に煮くずれもなく、江戸の料理人に評判を呼んでいるそうでございます。次は数を揃えて船積みするようにと申されたそうな」

「そうか。それを聞いて安心いたした」

　正睦が大きく頷いた。

　磐音は中居《なかい》半蔵《はんぞう》が案じていた、荷の中に粗悪な品が混じっていたことは口にしなかった。当然、半蔵が書面で知らせていると思ったからだ。

　二人は白鶴城のただ一つの御堀端に沿って歩いていく。

城中に出仕する藩士らが徒歩の国家老とその身内に出会い、慌てて挨拶をした。おこんを見て言葉を失う家臣らもいた。

一行は西の丸の中之門から大手門を出て南に回り込んだ。

関前藩福坂家の菩提寺は、禅宗妙心寺派の青風山大照院で、慶長《けいちょう》十年(一六〇五)に福坂家初代の栄高《ひでたか》が京都妙心寺の三関《さんかん》禅師を招いて開山した寺だった。栄高の代より仕える坂崎家の墓は、この大照院に隣接して主家の菩提寺を守るように位置する寺町の一寺、養全寺にある。

大手橋を渡り、南に折れると、中老職の坂崎家があった外堀屋敷町に入り、それに接して南に寺町が広がっていた。

城の西側の石垣に接するように続く外堀屋敷町と寺町は、一見、白鶴城の表門南側の城郭の一部のようにも見えた。

養全寺山門への石段は綺麗《きれい》に掃除がなされ、青紅葉がその影を石段に落として風に揺れていた。

正睦、磐音を先頭に、照埜を両方から支えて伊代とおこんが従い、さらに用人の政兵衛と小姓日下田《くさかだ》吉弥、最後に辰平が石段を上がった。

一行の到着を察知した和尚《おしょう》の青巌《せいがん》が国家老の一行を山門前で出迎えた。

「ご家老、磐音様をお迎えして晴れやかなご様子にございますな」

「和尚、晴れやかなのは磐音のせいではない。連れじゃ」

「いかにもいかにも、この青巌にもご紹介くだされ」

「近々磐音の嫁女になるおこんじゃ」

「城下の口さがない連中の噂《うわさ》には聞いておりましたが、なんともお美しい女性ですな。磐音様は江戸に出られて、ご運に恵まれたようですな」

「和尚、有難いお言葉、痛み入ります」

「磐音様は幼少の頃から素直でしたからな。亡くなった小林琴平様はひどかった。寺の墓石に悪戯《いたずら》はなされるわ、山門によじ登って小用はされるわ、えらい目に遭わされたものです」

「そのようなこともありましたな」

磐音の脳裏に幼い時代の記憶が懐《なつ》かしくも過ぎった。だが、悪戯をし合った幼《おさな》馴染《なじ》みの二人は彼岸へと旅立ち、すでにこの世の人ではなかった。磐音はなんとしても関前滞在中に墓参に行こうと思い定めていた。

「江戸のお方を坂崎家の墓所に案内いたします」

青巌は一行の案内に立つように墓所へと導いた。

福坂家譜代の臣の寺は、一段上にある藩主家の大照院の廟《びょう》を守るように、木漏れ日が降り注ぐ坂下に並んでいた。

坂崎家の墓から大照院の廟の屋根がかすかに望めた。

おこんは用人の政兵衛らが慌てるのも構わず、自ら閼伽《あか》桶《おけ》と柄杓《ひしゃく》を手に坂崎家の墓を浄《きよ》めた。それを照埜や伊代が手伝い、

「政兵衛、ここは女衆の好きにさせておけ」

と正睦に注意されて、

「そうでもございましょうが、お召し物が濡《ぬ》れます」

と案じた。

正睦が磐音に囁《ささや》いた。

「浜で騒ぎがあったそうじゃな」

「もはやご存じですか。荷揚げでもする体にて浜に怪しげな船が舳先を乗り上げようとし、それをお店の番頭風の男に指揮された一行が待ち受けておりました」

「またぞろ金の好きな連中が徒党を組んで、悪巧みを始めおった。今朝方、そなたが見た船は、長崎口の品を運び込んできた連中であろう」

長崎口とは、唯一つ阿蘭陀と清《しん》国に開かれた交易地長崎に入る輸入品の総称で、

正睦が言った長崎口は抜け荷（密輸品）であると磬音は推測した。

「ところで中津屋《なかつや》と申す商人《あきんど》、ここ数年、急速に力をつけてきたそうですね」

「広小路の北の角地に店を構えておる。まあ、そのうち、会う機会もあろう」

とだけ正睦が答え、その話題を止めた。

「おこん様、ご苦労さまでした」

と伊代がおこんを労い、照埜が、

「ご先祖様、磬音の嫁様をお連れいたしましたよ」

と呟きながら、目の覚めるような黄色と白の菊の花を飾った。

一同は墓前に並び、青巌和尚が読経《どきよう》を始めた。

おこんは頭《こうべ》を垂れて、胸で念じた。

（ご先祖様に申し上げます。磬音様が姓を変えられようと、坂崎家の血筋をお捨てになったわけでは決してございません。ただ今より、佐々木と姓を変えた後のほうが、磬音様と坂崎家との絆は深まろうかと思います。どうか磬音様のお選びになった道をお許しくださいませ）

おこんはそう念じつつ、線香を手向けた。

養全寺の山門下から正睦が城上がりの供揃えをなした。

「おこんさん、そなたとともに泰然寺にも参りたかったが、御用繁多でな、許されよ」

と正睦が乗り物からおこんに声をかけた。その膝《ひざ》の上には今津屋吉右衛門からの贈り物の眼鏡の革箱があった。

「滅相もないことでございます、正睦様」

「照埜、頼んだぞ」

国家老の墓参を養全寺の道向こうの藩士の屋敷の者が気付き、挨拶に出てきた。

この界隈は御船手組の下士の長屋が集まっていた。その人々に、

「月形《つきがた》の隠居、息災か」

「孫はいくつに相成ったな」

などと声をかけながら城中へと向かった。

「おこんさん、堅苦しい墓参はこれで終わりです。岩谷家の泰然寺には、城下を見物しつつ、白萩を見に行くつもりで参りましょうか」

と照埜が声をかけた。

照埜とおこんの他、女は伊代だけ、男は磐音と辰平の二人だけである。国家老

の奥方の外出にしては供一人従えないものだった。

おこんが気楽に城下の見物ができようと照埜が考えてのことだ。

「おこんさん、ゆるゆると参りましょう。泰然寺で昼餉《ひるげ》を食しますでな、せいぜいお腹《なか》を空《す》かしておられませ。もっとも江戸と違い、在所の関前には美味《おい》しい食べ物はございませんが」

磐音は、母の照埜の表情も、おこんに会ってからどこか明るく和んだ様子だと感じていた。物言いも自前の長閑《のどか》さを取り戻していた。

磐音を佐々木家に出す代わりに井筒家から次男の遼次郎が坂崎家に入ってくれるかもしれないという望みが出てきたことも、明るさの一因だろうと察していた。

五人は白鶴城西側の御堀端を再び大手門前に戻った。

白鶴城は南、北、東の三方を海と断崖に囲まれた城造りで、海の水を引き込んだ御堀端は西側だけだ。

秋の気配が豊後関前城下に漂い、屋敷の塀から色付き始めた柿の葉がはらはらと散ったりした。

一行五人は御馬場前に出た。すると風浦湊の方角から、江戸から到着した二隻の船の荷下ろしのざわめきと熱気が伝わってきた。

磐音は城の方角に視線を転じた。

大手門の内側には坂崎家をはじめ、重臣数家の屋敷が本丸を囲むように点在していた。この数家は侍中《じちゅう》と呼ばれ、関前藩の譜代の臣だ。

また参勤行列が威勢を見せる大手門前の広場は、御馬場と呼ばれた。北に進めば臼杵《うすき》藩への臼杵道に通じ、南は養全寺など寺町を抜けて日向《ひゅうが》に向かう、日向道とつながっていた。

大手門前御馬場西側には中堅家臣団が屋敷を連ねる、広小路御北町と御南町があった。この大手門の正面から西に延びて、阿蘇《あそ》越えで肥後《ひご》に通じる街道は西大道と呼ばれた。そして、御馬場から数丁ほどは格別に、

「関前広小路」

と名付けられていた。

七間半余の幅の関前広小路の左右は細長く町屋が続き、伝馬《てんま》宿やら商家が軒を連ねていた。その奥に土塀の外を疎水が流れる武家屋敷があった。

御南町と御北町の二つが関前城下の主たる屋敷町であった。

磐音はおこんと辰平にそんな城下の様子を説明した。頷きながら倅の説明の終わるのを待っていた照埜が、

「磐音、少しばかり大回りして、あちらこちら見物して参りましょうか」

おこんに城下をもっと知ってもらいたくて言った。

「まだ刻限も早うございますゆえ、母上、案内をお願い申します」

磐音も賛同し、五人は関前広小路に足を向けた。すると南側の角地には両替商の上方屋丈右衛門《かみがたやじょうえもん》の店が見えた。関前藩の御用達《ごようたし》商人で手堅い商いで知られていた。だが、客はまばらにしかいなかったし、店全体が醸し出す雰囲気はどことなく精彩に欠けているように思えた。

磐音は上方屋の正面、北側の角地を占める中津屋を見た。こちらは商いの勢いを見せて店の前には駕籠《かご》が何挺《ちょう》も止まり、店の中にも大勢の客がいて、活況を呈していた。

「照埜様」

と声がかかった。

振り向くと上方屋の番頭の仲造《なかぞう》が腰を屈《かが》めて立っていた。

「磐音様がご帰国とお聞きし、ただ今お見かけしましたで、お祝いのご挨拶だけでもと罷り出ました。お許しください」

磐音とは馴染みの仲だ。

「許すもなにも知り合いの仲ではないか。仲造どの、息災であったか」

と磐音は白髪《しらが》頭に変じた初老の番頭に言った。

「はい、息災にございます」

「なによりじゃ。だが、祝いとはなんだな」

磐音が訊き返した。

関前藩の御用船に乗り込み、江戸からおこんを伴ったのだ。嫁にする女を連れてきたかと推量されたとしても不思議ではない。だが、その祝意かどうか磐音は訝った。

「いえ、この度、江戸勤番を終えられた磐音様が国許《くにもと》に戻られ、藩物産所の取締方に就任なされるというお話で、大変お目出度く存じます」

「仲造どの、それは大いなる誤解じゃ。それがし、藩を勝手に離れた不届き者ゆえ、かように関前城下を歩くことさえ憚《はばか》る身分にござる」

「そうは申されますが、藩の御用船に同乗して関前入りなされたのでございましょう。殿のお許しなくば、そのような振る舞いは無理かと存じます」

仲造はなにか魂胆があるのか必死で頑張った。

「仲造どの。確かにそれがし、殿のお許しを得て御用船に同乗させてもろうた。

だが、そなたが考えるようなことは風聞じゃ。墓参を終えたら然《しか》るべき時期に関前を離れ申す」

「取締方には就任なされないのでございますか」

「できるわけもない。それがし、関前藩士には戻れぬ。このこと、いささかの間違いもござらぬ」

仲造がなぜか悄然《しょうぜん》と肩を落とした。

「磐音、参りましょうか」

と照埜が磐音を誘《いざな》い、関前広小路の西へ向かうことを諦め、御馬場に足を向けた。

第二章　中戸道場の黄昏

一

何歩も進まぬうちに、揉《も》み手をしながら中津屋から番頭らしき風体《ふうてい》の男が姿を見せた。磐音が見知らぬ男である。でっぷりと太っており、にこにこと作り笑いをしていた。

「奥方様」

男が照埜に話しかけた。

「おや、中津屋の大番頭どの。よいお日和《ひより》ですね」

「いかにもよいお日和にございます。かたわらにおられるお方は、ご嫡男の磐音様にございますな。つきましては、ご挨拶申し上げたく、通りまで出て参りました」

「恐れ入ります」

と鷹揚《おうよう》に答えた照埜が、

「磐音、そなた、中津屋文蔵《ぶんぞう》どのを知るまいな。そなたが藩を離れてのち関前に来られたでな。藩もなにかと世話になり、今では城下有数の御用達商人になられた。それは、ここにおられる大番頭の啓蔵《けいぞう》どののお力が大きいのです」

と磐音に紹介した。

磐音は今朝方松林で遠目に見た男とは違うなと思いながら、

「初にお目にかかる。よしなにお付き合いのほどを願おう」

と挨拶した。

「坂崎様、通りではなんでございます。主《あるじ》もぜひに磐音様にお目にかかりたいと申しております。しばらくお店にお立ち寄り願えませぬか」

「お気持ちだけいただこう。それがしは浪々の身、故郷《くに》に墓参に戻っただけでな」

「おや、こたびのご帰国は藩物産所取締方に就任なさるためという風聞が飛んでおりますが、違いますので」

「大番頭どの、そなたは存じまいが、それがし、藩を勝手に離れた不届き者でな。帰藩することも、ましてそのような役職に就くこともまずありえぬ者にござる」

「お間違いございませんか」

啓蔵の顔に満足の笑みが浮かんだ。その笑みが、磐音につい次の言葉を誘った。

「今朝のことじゃ。浜で怪しげな男たちを見かけた。抜け荷かのう。そのほうの店と関わりの者かな」

「滅相もないことでございます。中津屋は主一同、清廉潔白な商いをと常に心がけておりましてな」

「それがよかろう」

磐音はそう答えると、

「母上、参りましょうか」

と照埜を促し、その場を離れた。

上方屋の番頭の仲造、中津屋の大番頭の啓蔵と、立て続けに国家老の身内ら一行に話しかけた模様を、関前広小路じゅうの店の主、奉公人、さらに通りがかりの家臣たちが注視していた。

磐音らはどちらの店にも偏ることなく立ち話で切り上げ、見物の衆から、

「さすがは正睦様の奥方と嫡男どのじゃ。誘いの手は振り切っちょる」

「上方屋も中津屋もなんとかしち、坂崎家を味方に付けたがっちょる」

「空振りやのう」

などと言い合った。

一行は御馬場を斜めに横切り、風浦湊の船着場を横目に過ぎた。すると正徳丸、豊後一丸と船着場の間を、荷を積んだ艀《はしけ》が続々と往復して、荷揚げが佳境に入っていた。

その荷を少しでも早く確かめんと、関前領内はもとより近郷近在の商人《あきんど》たちが船着場に集まり、品定めをしていた。

江戸で買い込まれた品々は藩物産所に集められ、物品ごとに入札が行われて売り払われるのだ。

この入札には城下領内の在郷商人だけではなく、他藩の領外商人も参加することが許されていた。ただし、領外商人が入札に参加するためには、なにがしかの参加料を支払わねばならなかった。それでも江戸の物産はこの界隈で人気があった。わずかな手数料では上方にすら買い付けに行けなかったからだ。

「磐音、おこんさん、入札が終わると今度は湊から御馬場に市が立ちましてな、そなたらが乗った船が運んできた古着などの品々が商われます。近頃では関前の野天市に遠く府内や日向から買いに見える百姓衆や漁師方もおられて、城下の旅籠《はたご》はどこも一杯になり、そんな方々のために寺も宿坊を使わせておられます」

「母上、人が集まるということは城下が潤うことですね」

「いかにもさよう。有難い話とそなたの父上も喜んでおられます」

一行は須崎浜の松林を抜ける浜通りに出て、照埜が大きく息を吐いた。

「それにしても商人方の目敏《めざと》いことよ。磐音、そなたが藩を離れて何年にもなるというに、上方屋も中津屋もそなたが取締方に就くものと決め付け、道の真ん中で不躾《ぶしつけ》な話を持ちかけて参る」

「父上が要職にあるゆえ致し方ないことです」

「兄上」

おこんと一緒に肩を並べて歩く伊代が話しかけた。

「なんじゃ、伊代」

「上方屋は昔ながらの商いで関前商人の頭分《かしら》、一方中津屋は関前の改革がなった後に勢力をつけた商人の頭領格、店も関前の広小路の角地に向き合っております し、なにかと張り合うてこられました。数年前までは上方屋が勢いは盛んでした

が、近頃は中津屋の商いが急に膨らんだようで、城下では、関前の広小路で競い
し店二つ、昇る中津に沈む上方、などと落首が飛ぶ有様。どうも上方屋の商いが
思わしくないようです」
「道理で仲造どのの顔色が優れなかったか」
「これも噂ですが、中津屋が上方屋の店商いをそっくり買ってもよいと申し込み、
上方屋丈右衛門さんが激怒なされたとか、そんな話をうちに出入りの商人がして
おりました」
「これ、伊代、そのような話、余所《よそ》でするのではありませんよ」
「母上、兄上ゆえに申し上げたことです」
「いかにもさようです、母上。伊代もそれがしも、差し障《さわ》りのある他人に洩らす
ようなことはいたしません」
一行は城下の北外れを流れる須崎川に架《か》かる一石橋に差しかかった。
「伊代様、綺麗《きれい》な水ですね」
と辰平が歓声を上げた。
「江戸の水より澄んでおりますか」
「江戸では諸々の汚水を流し込みますゆえ、このように綺麗な流れではございま

せん。ねえ、おこんさん」

と辰平がおこんに呼びかけた。

「神田川も大川も、この清い流れとは比べものになりません」

一石橋の上流で須崎川両岸は撞木町《しゅもくちょう》、須崎町の茶屋街遊里となる。夜になると三味線など鳴り物が流れる川岸も、日中のこととて、隠居と思える釣り人が、菅笠《すげがさ》に着流し、その裾を絡げた格好で長閑に釣り糸を垂れている。

「おこん様、伊代は江戸を存じませぬ。川の流れが濁っていると辰平様からただ今お聞きしましたが、上様のお膝元の江戸では、商人衆が角突き合わせるようなことはないのですか」

と伊代が今度は矛先をおこんに向けて訊いたが、

「伊代、江戸では上方屋や中津屋のように商人が面と向かって鎬《しのぎ》を削ることはありませんよ。ねえ、おこんさん」

と答えたのは照埜だった。

「照埜様、伊代様、私は永年両替商の今津屋に奉公して参りました。ただ今では主の吉右衛門様が江戸の六百軒の両替商を束ねる両替屋行司《ぎょうじ》の役職に就いておられますが、磐音様が今津屋と知り合われた頃、腹黒いお方が両替商を支配しておられ、南鐐二朱銀《なんりようにしゆぎん》の改鋳に絡みまして大変な騒ぎになったことがございます」

「やはり江戸でもそのようなことが」

と伊代が応じ、磐音が、

「伊代、今津屋には三百諸侯や大身《たいしん》旗本の家老、留守居役、御用人が連日参られ、店奥の座敷で金子《きんす》の貸し借りなどの話が諸々繰り返されている。関前も江戸も規模こそ違え、何処《いずこ》も同じ秋の夕暮れじゃ」

「なんと、今津屋どのには大名家の重臣方が参られますか。すると関前でも今津屋どのに金子をお借りしているのですか」

「母上、江戸では関前に比べて何十倍も大商人方の力が強うございましてな。各大藩、大身旗本は押しなべて、言葉は悪うございますが、大商人に首根っこを押さえられているのが実情にございます。今津屋どのは商人方の筆頭にて、大藩大身が出入りしておられます。数年前の、借財だらけの関前藩では今津屋の店先にも近寄れなかったでしょう」

「江戸では、関前藩の力はその程度ですか。驚きました」

照埜が素直に驚きの顔を見せた。

豊後道は峠に向かう坂道と釜屋《かまや》の浜に沿う道に岐《わか》れた。

一行は秋茜が飛び交う浜辺の道を泰然寺に向かう。潮風に乗って風浦湊船着場のざわめきが伝わってきた。

おこんの白い額にうっすらと汗が光る頃合い、泰然寺の山門下、石段の前に一行は辿《たど》り着いた。

「おこんさん、泰然寺自慢の白萩ですよ」

照埜が天上へと続く風情《ふぜい》の白萩の石段を眺め上げた。

石段の両側から小さな花が零れるように差し掛けていた。その上を、蜻蛉《かげろう》が群れをなして飛んでいた。

「白萩の寺との別名があるそうですね。磐音様に教えていただきました。船上から見た夕暮れ前の光に浮かぶ白萩に、言葉もございませんでした」

「磐音が幼き頃、この時節、寺参りに連れてきたことがあります。その折りのことですが、たれに習うたか、『白萩の　天までつづくや　泰然寺』と詠《よ》みましてね、いたく感動したものです」

「母上、それがしがそのような句を口にしたと申されますか」

記憶にない磐音は恥ずかしさに赤面した。

「はい。そなたが八つか九つの秋だったと思います」

「覚えておりませぬ。きっとたれぞが口にされたことを真似《まね》たのでしょう」

おこんは磐音を振り向き、

「白萩の　天までつづくや　泰然寺、ですか。いえ、磐音様が自らお考えになったものだと思います」

と言い切った。

「もし真実ならば、ようもまあ、大人の真似をして恥ずかしげもなく詠み上げたものじゃ」

と磐音はますます顔を赤らめ、

「とにかく泰然寺の白萩は、どのような歌人がこの場に立たれようと、この光景を凌駕《りようが》することはできますまい」

とその話題に蓋をした。

照埜、おこんを先頭に、一行五人は白萩を愛《め》でながらゆっくりと石段を上った。

石段を上るにつれ、関前の内海が眼下に大きく広がる。白波が立つ海に帆桁を下ろしている正徳丸と豊後一丸に、荷船が群がって荷下ろしする光景が箱庭のように見えてきた。

おこんはこの光景に新たな感動を覚えた。視線を海から上げると白鶴城が聳え、優美な天守が鰯雲《いわしぐも》の空を背景に浮かんでいた。

「一幅の絵と申しますが、見事な景色にございますね」

「おこんさん、私は幼き頃、亡くなった母や祖母に連れられてこの泰然寺を訪れるのがなにより好きでした」

照埜がしみじみと洩らした。

「関前ではこの雲を鯖雲《さばぐも》と称してな、鯖の豊漁の兆しと漁師に喜ばれておる」

「鯖雲の城ですか」

と磐音の説明におこんが頷き、

「照埜様、江戸育ちの私には故郷がございません。勝手ながら、本日よりこの関前を私の故郷と決めさせていただいてよろしいでしょうか」

「実高様がおこんさんの関前訪問をお許しになられたのです、たれに遠慮が要りましょう。磐音の故郷はおこんさんの故郷でもあるのですよ」

一行の気配に気付いたか、山門下に若い僧が顔を見せた。

「一譚《いったん》さんか」

「磐音様、昨日からお目にかかるのを楽しみにしておりました」

国家老宍戸文六一派との対決のため密かに帰郷した磐音は、この泰然寺に潜みながら、関前藩で永年にわたり専横を極めた宍戸一派を倒したのであった。

あの折り、一譚はまだ幼さを顔に残した小僧だったが、今や背丈も伸びて青年へと差しかかろうとしていた。

「一譚さん、身丈も大きく伸びられたな」

「五尺七寸の竹すっぽです」

と答えた一譚が、

「和尚様がお墓の前でお待ちですよ。それに和尚様が朝から丹精を籠められた料理が皆様の到来を心待ちにしておりますよ」

とようやく山門前に上りついた照埜らを促した。

和尚の願龍《がんりゅう》は料理上手として檀家の間で知られていた。豆腐を手作りし、庭で採れた農作物を使い、味わい深い料理を作った。また、

「日々の寝起き、行いこそ修行」

が持論で、修行僧たちにも、料理の素材に感謝しながら丁寧に作ることを修行の一環と常々命じていた。

泰然寺では本堂での読経より、庫裏《くり》で胡麻《ごま》を擂鉢《すりばち》で擂《す》りながらの読経修行が多いほどだ。

「一譚さん、和尚様の料理も早く賞味したいがな、白萩を愛でながらようよう石段を上ってきたのです。美しい時節の白萩の咲き誇る光景を、今しばし眺めさせてくだされ」

と照埜が弾む息の下から言い、振り向いて、

「おこんさん、この景色を見ずして関前は語れませんよ」

と教えた。

おこんも照埜の言葉に振り返った。

「まあ」

おこんは絶句した。

それほどに、白萩の花と縮緬皺《ちりめんじわ》の波立つ関前の海と優雅な白鶴城と千切れ雲の空が渾然《こんぜん》一体になり、美しい関前を展開していた。

「磐音様、関前に来てよかったとしみじみと思います。有難うございました」

おこんは心から礼を述べた。

「おこんさん、これ以上の景色はもはやないでな、関前探訪はこれで終わりともいえる」

磐音が苦笑いした。

「坂崎様、やはり旅はするものですね。江戸ではこのような景色は想像もできませんよ」

と辰平までが感動の様子だ。

景色に見惚《みと》れ、一息入れた磐音らは、岩谷家の墓前で願龍和尚の出迎えを受けた。一頻《ひとしき》り久闊《きゅうかつ》を叙する言葉の応酬があって、一譚らがすでに綺麗に清掃してくれていた墓前で先祖の供養をする経があげられ、おこんは再び心を引き締めて、岩谷家の先祖に磐音と夫婦になることを報告し、許しを乞《こ》うた。

泰然寺の白木槿《しろむくげ》と曼珠沙華《まんじゅしゃか》が白と赤との絶妙の対照を見せて咲き揃う庭を愛でながら、願龍自慢の手料理の膳を囲んだ。

須崎川上流で採れた鮎《あゆ》の塩焼き、胡麻豆腐、青菜の胡桃和《くるみあ》え、シメジの吸い物、瓜《うり》の漬物が膳に並び、ご飯は栗ご飯だった。

磐音が久しぶりの帰郷というので酒も出た。

水入らずで和やかな五人の食事だ。

願龍和尚の料理が五人の話題を尽きさせなかった。

「辰平様、関前は退屈ではございませんか」

伊代は話が途切れたときに辰平に問うた。

「伊代様、江戸を出て以来、一瞬たりとも退屈など感じたことはございません。とにかく兄上の坂崎様は不思議な人物にございます」

「兄が不思議な人物ですと」

「はい。ご当人のお人柄も剣風も、春先の縁側で日向《ひなた》ぼっこをしている年寄り猫と評されておりますが、この長閑な人物の周りに従っておりますと、退屈など全くいたしません。騒ぎが向こうから寄って参ります。こたびの船旅も相州《そうしゅう》三崎湊では荒くれ船頭らに絡まれ、瀬戸内に入りますと海賊に襲われ、関前到着前には船に潜《ひそ》んでいた刺客が現れ、坂崎様が対決して斃《たお》されました。一瞬とて退屈などするものですか」

「それは船中での話です。関前ではなにも起こりませんよ」

「そうでしょうか。それがし、なんぞ新たな出来事が起こるのではないかとうずうずしております」

と不謹慎なことを言って辰平が笑った。

「母上、決してそれがし、騒ぎを呼び寄せているわけではございません。勝手に先方から参るのです」

慌てた磐音が言い訳をした。

「呆《あき》れたと申しますか、信じられませぬ」

「辰平どのが退屈の虫をそれがしに求めぬよう、われら、寺参りの帰りに中戸道場に参り、信継先生にご挨拶しようと考えております」

「三年も前ですか、中戸先生は長いこと病に臥《ふ》せられて、急に老いてしまわれたようにお見受けします。そなたと辰平どのがお訪ねすれば喜ばれましょう。是非お見舞いにお立ち寄りなされ。私どもには迎えの乗り物が参りますから、女三人のんびりと戻りますよ」

照埜が、磐音と辰平が中戸信継道場を訪《おとな》うことを許した。

おこんとはすでに話し合っていたことで、中戸家への土産と見舞いは、坂崎家からの迎えの乗り物の連中が泰然寺に持参することになっていた。

「坂崎様の修行なさった道場に連れていっていただけるのですか。感激です」

と辰平一人が急に張り切り、

「やはり退屈なされていたようですね」

と照埜が呟いて、一座に笑いが起こった。

二

脇息《きょうそく》に上体を委ねた中戸信継は、磐音が想像した師とは別人のようだった。顔にも体にも生気が感じ取れなかった。

磐音は内心の動揺を抑えて、

「先生のご壮健なる尊顔を拝し、坂崎磐音、感慨無量にございます」

「磐音、そなた、いつから心にもなき考えを口にいたすようになったな。中戸信継、業病に取り付かれたようじゃ。これも天が定めた宿命《さだめ》、致し方ないわ」

と力なく笑った。

「そなたが江戸から戻っておると門弟らが知らせてくれた。帰郷した早々訪問とは痛み入る。嫁女は伴わなかったのか」

と辰平を見た。

「はい、まずは先生にお許しをいただき、連れて参ろうと考えました。この若者、佐々木玲圓先生の門弟にて松平辰平と申します。われらが道中に加わり、諸国見聞をしたしと望みますゆえ伴いました。関前逗留中、道場に稽古に通わせて宜《よろ》しゆうございますか」

「磐音、そのような斟酌は要らぬ。このところ、門弟の数もぐっと減ったでな、稽古の場はある」

と信継が苦くも笑った。

磐音は佐々木玲圓の書状を差し出した。

江戸の佐々木道場への修行を薦め、藩のしかるべき筋に根回ししてくれたのは信継であった。

信継は書状の封を緩慢な動作で開き、目を細めて読み出した。その顔が紅潮して上気し、最後には悲しげな表情を漂わせた。

読み終えてしばし沈黙を守った。

内儀のお利《とし》が茶を運んできた。

「おまえ様、坂崎どのにはわれらに江戸からいろいろと土産を持参された上に、おまえ様の見舞金までいただきました」

「先生が病床に臥せっておられることも存ぜず、門弟として恥ずかしき限りです」

「おまえ様、坂崎どのは五両も包んでくれましたが、大金にすぎませぬか」

「磐音が考えたこと、素直に受けておけ」

と内儀に答えた信継が、

「磐音はもはや関前には戻って参らぬぞ」

「それはおまえ様、嫁様になるお方をお身内に引き合わせるために帰ってこられたのです。江戸でお暮らしにございましょう」

首肯した信継が、

「佐々木玲圓先生の養子に入り、今や江都一の大道場尚武館の後継になる。関前のわしのもとから飛び立った若鳥が大鷹《おおたか》に化けおったわ。玲圓先生は、このわしにな、磐音をお譲りいただきたいと懇切に願うてこられた」

「坂崎どの、おめでとうございます」

お利が祝いの言葉を述べた。

「明和九年の夏、わしはすべてを失うたと思うておった。わしが育てた門弟の中でも格別優秀であった三人を失うたのだからな。だが、江戸で大きく磐音が羽ばたきおった。これで心残りなくあの世に旅立てるわ」

「先生、その言葉は早うございます」

「坂崎どの、近頃はなにかというとこの言葉を繰り返されてましてな。道場の門弟衆も聞きづらいとみえて、段々と数が減っております」

「関前城下では剣術が廃《すた》れましたか」

「いえ、うちを辞めた門弟衆の大半が、新町筋の諸星十兵衛《もろぼしじゅうべえ》様の道場に鞍替《くらが》えなされましてな。あちらはなかなか隆盛と聞いております」

「その名を申すなと命じたぞ、お利」

「おまえ様、さして大きくもない城下、目を瞑《つぶ》って暮らしてはいけませぬ。また坂崎どのもすぐに知られましょう」

「先生、お内儀様、それがし、十兵衛様の名を初めて耳にいたします」

「数年前に中津屋を頼り、筑前《ちくぜん》福岡城下から参られました。新陰《しんかげ》流の達人との触れ込みで道場を引き継がれ、なかなかの教え上手の上に藩の重臣方に取り入るのも巧みな方にございましてな、日一日と中戸道場から新町筋へと門弟が移っておられます」

「そうでしたか」

中戸信継が生気を失ったのは、病だけではなく諸星道場の存在もあってのことと思われた。

磐音の耳に稽古の気配が伝わってきたが、どことなく覇気がない。

「先生、久しぶりにそれがしの稽古を見ていただけませぬか」

「道場でか」

信継はしばし考えて、

「うーむ」

と自らを鼓舞するように吐くと、

「よかろう。そなたが佐々木玲圓先生の後継たるかどうか、とくと中戸信継が見定めようか」

と脇息から上体を起こした。

磐音はおよそ八年ぶりに中戸道場に立った。

道場ではおよそ二十人ほどの門弟らが昼稽古に励んでいた。やはりというべきか、師の病が反映して全体に弛緩した雰囲気が漂っていた。

八年前、道場には常に激しいほどの緊張が漂い、信継の目が道場の隅々にまで光っていたから、だれも手を抜くことなどできなかった。

磐音と辰平が道場の端に立ったのを見て、師範が稽古をやめさせた。

「お邪魔いたす」

磐音が詫《わ》びた。

(幼き頃から稽古に励んだ道場はこのように狭かったのか)

少年の磐音には八十畳の道場が無限に広く感じられたものだった。それが狭く空《うつ》ろに見えた。

「坂崎、元気か」

稽古をやめさせた師範が磐音に歩み寄ってきた。

「おぬし、磯野《いその》玄太《げんた》どのか」

「見違えたであろう。いかにも玄太だ。八年前に比べ、頭髪は薄くなる、体は太って倍になる。見かけが変わったゆえ、たれも気が付かぬ」

磯野玄太は下士より禄高は上だが、中士には入れてもらえぬ給人《きゅうじん》と呼ばれる家格で、磐音より二つ上だった。

「一別以来にございます」

「そなたの武名はもはや関前では神格化されておってな、伝説よ。御番ノ辻での小林琴平とそなたの戦い、それがしも捕り方の一員として見た。なんとも壮絶で、身の毛がよだつ決闘であった。あれから足掛け五年か、六年か」

「磯野どの、稽古をさせてくだされ。先生も参られます」

「なにっ、先生が道場に姿を見せられるか。ひと月ぶりかのう」

と磯野が言ったとき、中戸信継がお利に手を取られて見所《けんぞ》に現れた。

道場に緊張が走った。だが、それは一瞬だった。

信継がよろめくように座り、磯野が見所の隅にあった脇息を差し出して信継が上体を持たせかけると、道場にはまた弛緩した雰囲気が漂った。

「辰平どの、お相手願おう」

「畏まりました」

磐音は道場の壁に掛けられてあった木刀を二本借り受けると、一本を辰平に渡した。

辰平の顔が緊張した。

磐音が普段稽古を付けるときは、竹刀を利用した。だが、それが木刀を選んだのだ。むろん磐音のことだ、受け損じも打ち損じも考えられなかった。ただ磐音の動きのままに応じればよいと分かっていても、木刀稽古は緊張が強いられた。

二人は信継と門弟らが見守る中、道場の真ん中へと進み出た。

神棚のある見所の中戸信継に一礼し、再び向かい合った。

正面に向かい、打太刀の磐音が右、有功《ゆうこう》と呼ばれる上位者の取る位置だ。それに対して辰平は初心《しょしん》、下《しも》の者が務める仕太刀の左に位置した。

未だ木刀は構え合っていなかった。

磐音は辰平がいつになく緊張して体が強張《こわば》っているのを見た。

「辰平どの、いつにのう気張っておるようじゃ。深呼吸を一つふたつするがよい」

「はい」

辰平が命じられたとおりに深呼吸を数回繰り返した。

それでよい、と磐音が頷き、

「そなたにとって他人《ひと》様の道場かもしれぬ。だが、それがしが幼少の頃より中戸先生の指導を受けた場である。よって兄弟子の道場である以上、そなたに縁がないとも申せまい。佐々木道場で重富《しげとみ》利次郎どのらと稽古をいたすように、胸を開いて大らかに木刀を構えよ」

「はい」

辰平がその場で軽く飛び動いて、体を解《ほぐ》した。

磐音は道場の格子《こうし》窓の外に見物する影を認めていた。旅の武芸者のようだと思ったが、雑念を脳裏から吹き払った。

「坂崎様、お願い申します」

「参られよ」

二人は相正眼《あいせいがん》に構えた。

その瞬間、脇息に両肘《ひじ》をついていた中戸信継の背筋がぴーんと伸び、

「うーむ」

と呻いた。

その視線は愛弟子を見ていた。

磐音が悠然と踏み込んだ。

打太刀は初心の者に対して技の仕掛けを誘い、仕太刀に攻める機会を与えねばならない。

「先後《せんご》」

これが打太刀の務めだ。

辰平が磐音の誘いに乗って攻めに入った。

その木刀の動きは迅速を極めた。

神保小路名物の猛稽古に培われた打撃だった。

磐音がその木刀を払い、二撃目の先導を授けた。

打太刀の大事は、初心の者に技の虚実を教え、技の習得を伝授することにある。ここでは言葉は意味をなさない。

木刀の動きと一瞬の駆け引きのみが、そのことを初心の者に教えた。それだけに必死であり、真剣である。

痩せ軍鶏の辰平は自在に動き出した。一歩動き出せば、あとはいつもの辰平流の軍鶏の波状攻撃だ。

それを磐音は正面から受け、反撃と見せかけて次なる誘いの時を相手に与え、また受けた。

攻守が目まぐるしく交替している。だが、攻めているのは当然辰平だ。磐音は反撃とみせて相手の技の先導を務めているだけだ。

直心影流《じきしんかげ》では、

「仕太刀も打太刀も差別なく、其内結句《けつく》打太刀を賞玩《しょうがん》とす。打太刀勤めてこそ、勝利と相手の高下は能《よ》く見ゆるなれ。然《しか》る時は修行の根元は打太刀が要枢たるべき也」

と打太刀、仕太刀の究理を教える。打太刀を務めることができてようやく勝負が分かる、剣士として一人前というわけだ。

中戸信継は磐音の打太刀の動きに剣術稽古の究極を見ていた。

若い相手が力を出し技を仕掛け易いように動き、機会を作っていた。

四半刻（三十分）ほどの目まぐるしい稽古が阿吽《あうん》の呼吸で終わり、
すいっ
と両者が木刀を引き、

「坂崎様、お稽古有難うございました」

と辰平が礼を述べたが息が弾んでいた。

「辰平どの、船中稽古が生きたようだな」

と答える磐音の口調は平静で全く変わってない。

礼をし合った磐音と辰平は道場主の中戸信継に向き合い、正座して黙礼した。

「坂崎磐音、そなたがわしの弟子であったことを誇りに思うぞ。そなたにとってよき思い出ではあるまいが、聞け。明和九年の夏、小林琴平に上意討ちの沙汰が下ったとき、師匠のわしが琴平と戦うしかあるまいと覚悟の臍《ほぞ》を固めた。小林琴平は親友の河出慎之輔を斬《き》り殺したばかりか、捕り手五人の藩士を斃した手負いの猪《しし》であった。わしが斃す保証はなにもなかった。そのわしの迷いを見抜いたか、わしを引き止め、討ち手を代わったのはそなたであったな。あの戦い、わしは琴平に分があると見ていた。だが、そなたは琴平の執拗《しつよう》な攻めを受け通し、最後の最後に後《ご》の後《ご》の先《せん》というべき一撃を放って斃した」

道場じゅうが森閑として、立ち会った門弟は明和九年の戦いを思い起こし、決闘を見なかった者は初めて当事者であった一人から聞いていた。

「磐音、あの折り、そなたが琴平を斃したのは技ではない。天が勝敗を決めたとしか思えぬ。あれから五年か、六年か。ただ今のそなたは剣術の奥義《おうぎ》を会得した、その領域に達しておる。当代一の剣客佐々木玲圓どのがそなたを認めるはずじゃ。ようも頑張ったな」

と最後の言葉には優しさが籠められていた。

「先生」

磐音は床に額を擦《こす》り付けた。擦り付けなければ瞼《まぶた》が潤んだことを他人に覚られた。

「わしはよき剣術の指導者とはいえなかった。だが、そなたの隠れた天分を認め、江戸に送り出したのがわしだとするならば、その一事を以《もっ》てわしの剣術家人生は全うされたといえよう」

「先生、過分にすぎるお言葉にございます。それがし、未だ迷いの中にある未熟者にございます」

「磐音、関前逗留中、時に顔を見せて、残った門弟たちと稽古をしてくれぬか」

「辰平どのとお願いに上がりましたのは、そのことにございます」

磐音が顔を上げた。すると師範の磯野玄太が、

「先生、それがし、坂崎に教えを乞うてようございますか」

とまず名乗りを上げた。

「磯野どの、すまぬが本日は稽古着の用意がない。それがしと辰平どのに稽古着を貸してくださいませぬか」

「お安い御用じゃぞ」

と磯野が張り切って立ち上がったとき、
どかどか
と道場に不逞《ふてい》の武芸者四人が入り込んできた。格子窓から覗《のぞ》いていた連中だ。

見れば土足だ。その四人のうち坊主頭は、長さ六尺六、七寸、径一寸五分はありそうな赤樫《あかがし》の棒を携えていた。巨漢でもあった。

格子窓に未だ監視の目が残っていることを磐音は承知していた。

「礼儀を弁《わきま》えよ、土足とは何事か！」

磯野が怒鳴った。

「愁嘆場を見せられ、吐き気が生じた。治療代を申し受けよう」

坊主頭が怒鳴り返した。

「なんと申したな。そのほうら、草鞋銭《わらじせん》稼ぎの道場破りか」

と磯野が問いかけると若い門弟の一人が、

「師範、この者たち、諸星道場に数日前より繁《しげ》く出入りしておる者たちです」

と叫んだ。

「なにっ、諸星道場から嫌がらせを頼まれたごろつき浪人か」

「ごろつきと申したな。許せぬ」

赤樫の棒を携えた坊主頭が磯野の前に出てきた。

「許せぬ」

と磯野が応じ、

「たれか木刀を」

と門弟に呼びかけた。

「磯野どの、お手を煩《わずら》わせる要はございませぬ」

磐音が磯野のかたわらに立った。

「客人に働かせては師範の立場がないぞ」

「それがし、未だ中戸道場を破門された覚えはございませぬ。ならばそれがしも門弟の端くれ、師範は後見に回ってくだされ」

「そうか、それでよいか」

磯野がほっとした顔をした。

「お手前方、どちらから関前に参られたな」

「因州《いんしゅう》浪人酒出一円坊《さかいでいちえんぼう》。われらがお頭は駿州《すんしゅう》浪人田賀監物《たがけんもつ》どのだ。田賀どのは雲《うん》弘《こう》流の奥義会得者で手強《てごわ》いぞ」

と壮年の浪人を指した。

羊羹《ようかん》色の羽織は長い風雪に染めも褪《あ》せて、襟元なども解《ほつ》れていた。体軀《たいく》は五尺六寸余か、どっかとした構えだった。

「師範に代わり、お相手いたす」

「そのほう、門弟と申したな」

「坂崎磐音と申す。この道場にて剣の手解《てほど》きを受け申した。それだけに、そなた方の非礼は許せぬ」

「あとで草鞋銭が高いなどと泣き言を申すでないぞ」

一円坊が叫び返した。

「それはござらぬ。ただ、お願いの儀がござる」

「なんだ」

「それがし、いささか多忙の身にござれば、四人ご一緒に立ち合いとうござる」

「なにっ、大言壮語をほざきおったな」

赤樫の六尺棒の酒出一円坊が仲間から、
ぽーん
と横っ飛びに離れ、赤樫の棒を頭上で回転させ始めた。なんと片腕だけで回していた。凄《すさ》まじい腕力だ。六尺棒は肘の曲げ伸ばしで得物《えもの》の長さを自在に変えられる。対峙《たいじ》する相手の間合いを狂わせるためであろう。

残りの三人は頭の田賀監物を要《かなめ》に扇形に左右に開いて抜刀した。

「参ります」

磐音が木刀を長閑にも構えた。戦う意欲などどこにも見えなかった。

中戸道場の門弟たちにはそれが、陽《ひ》だまりの縁側から年寄り猫が立ち上がり、伸びでもしたような光景に見えた。

ぶるんぶるん

と赤樫の棒が速度を増して、その円が大きく小さく変化した。
磐音が正面の田賀を牽制《けんせい》すると、
ふわり
と酒出一円坊の旋回する棒に引き込まれるように飛んでいた。
「あっ」
だれしもが赤樫の棒に磐音が頭を打ち砕かれる光景を脳裏に浮かべた。だが、
するり
と棒の旋回する間合いに入り込んだ磐音は、正眼の木刀の切っ先を一円坊の鳩尾《みぞおち》に突き出した。
それがものの見事に決まった。
「ぎええっ」
と絶叫した一円坊の手から赤樫の棒が飛び離れ、両足を浮かせたまま道場の床に背中から落ちて悶絶《もんぜつ》した。
次の瞬間、磐音は横手に飛び、仲間の一人の腰を叩き、田賀監物に迫っていた。
さすが田賀は頭分になるだけに磐音の動きを読み取り、自ら踏み込んで正眼の剣を磐音の肩口に落としていた。

だが、磐音の木刀はさらに迅速を極めて変化し、振り下ろされる剣の刃縁を叩いていた。

ぽきん
と軽い音がして刃が二つに折れた。

「おおっ」

と驚きの声を上げた田賀は胴をしたたかに抜かれて、横手に数間すっ飛んで転がった。

一瞬の間の勝負だった。

残る相手は一人だけだ。

磐音の木刀がゆっくりと最後の一人に向けられた。

「わああっ」

恐怖の叫び声が洩れた、すでに腰は引けていた。

「仲間を連れて引き下がられよ」

磐音の命に最後の一人ががくがくと頷き、見所から中戸信継の高笑いが響いた。

「坂崎磐音、久しぶりに壮快な気分かな。愉快なり、痛快なり」

と喜色を浮かべた信継が、

「磯野、そやつらを道場の外へおっぽり出せ」
「畏まりました」
若い門弟らに辰平が加わり、悶絶した三人の手足を摑《つか》んで、
えっさえっさ
と道場の外へと運び出した。
磐音はそのとき、格子窓の監視の目が消えていることに気付いていた。

三

中戸道場からの帰りに磐音と辰平は風浦湊の藩物産所に立ち寄った。

南、北、東の三方を天然の要害の海に囲まれた白鶴城のただ一つの石垣と御堀が西側にあり、御馬場、屋敷町、町屋へと繫《つな》がっていた。

御堀端は石垣の北側で鍵《かぎ》の手に曲がり、関前の内海と通じ、内海との境には水門があった。

そのかたわらに風浦湊の船着場と物産所があった。

物産所は、江戸へ運ぶ物産が集められて品定めや梱包《こんぽう》をしたり、また江戸から

運び込まれた品々の入札をしたりする役目を負う集荷場と、数棟の御蔵からなっていた。

物産所の門前に立ち止まった磐音は敷地の内外を眺めた。

門前にも門内にも大勢の商人たちが集い、江戸から運ばれてきた荷の品定めをしていた。入札に備えてのことだ。

菰《こも》包みの多くが古着で、中には丸洗いされたものもあったが、その大半は江戸で買い取られたままの絹物、木綿《もめん》物、麻、古布などと大雑把《おおざっぱ》に選別されているだけだった。

むろん、江戸の古着町の富沢町に行けば、絹の反物から仕立て物まで新品が売られ、入手できた。これらは京で意匠から織りまで行われ、江戸に下ってきた品だが、流行《はやり》の内に売り切れなかったもの、予想外に当たらなかったものなどであり、俗に一年落ち、二年落ちと呼ばれるものだ。

関前藩が江戸で買い求めた絹物はごく一部だった。

大半が普段着の木綿、麻、銘仙《めいせん》の類《たぐい》であった。これらは綿入れ、袷《あわせ》、単衣《ひとえ》、縞《しま》模様、傷《いた》み具合などで選《よ》り分けられて入札にかけられ、それらを買い取った古着屋やお店ではこれらの衣服を解《ほど》いて布に戻して洗い、再び着物に仕立てたり、布のまま売ったりと様々の手を加えた。

江戸で手が入っていない古着のほうが当然仕入れ値は安く、関前でも安く売られたため、作業着、普段着として人気があった。

傷み具合によっては衣服として使えないものもあったが、それらは古布として利用された。例えば麻は衣服として何度も人の肌を守った後、最後は漆《うるし》を絞る布として利用された。

布の徹底的な再利用は江戸の人々がもっとも得意としたところだ。それだけに京から江戸に下り、そこで数年使われて在所に散るという流通の仕組みができあがっていた。

「坂崎様、懐かしいですか」

「辰平どの、懐かしいもなにも、それがしは初めてこの目で見たのだ。われらが藩物産事業を興そうと考えたとき、すでに関前と江戸に物産所を作る構想はあった。だが、このような立派なものを考えていたわけではなかった。なにしろその頃の藩ときたら、何万両もの借財の元利で身動きがつかなかったのだからな」

「坂崎様がご自分の夢を眼前にされるのは初めてでしたか」

辰平が言ったとき、集荷場からすっきりとした長身の、大店の主風の男が姿を見せた。壮年の男で、てきぱきとした動きで颯爽《さっそう》としていた。主には手代が二人従い、さらに集荷場から一人の藩士が飛び出してきて、その商人に藩士が追従《ついしょう》を言っているような、そんな光景が物産所の敷地で展開された。

磐音と辰平は門番に、

「許せ」

と敷地に入ることを請《こ》うて中に入った。すると大商人の目が磐音を認め、つかつかと歩み寄ってきた。

「坂崎正睦様のご嫡男磐音様にございますな」

「いかにも坂崎磐音にござる」

「お初にお目にかかります、中津屋文蔵にございます。挨拶が遅れまして申し訳ございません」

「おおっ、中津屋どのか。父が世話になっているそうじゃ」

「なんの、お世話をいただいているのは私どものほうでございますよ」

博多商人の店で奉公してきただけに口調はいかにも爽やかだ。

そんな中津屋文蔵の後ろに手代と藩士が控えており、藩士がぺこりと頭を下げた。

磐音も会釈を返したが、見知らぬ顔であった。

新しく藩に奉公した者か。それとも在所にいて磐音とは顔を合わせる機会がなかったか。三十代半ばか、それより一つ二つ歳を食っているか。背丈は六尺を超えていよう。だが、腰を落とし、背を曲げているせいで、大きくは見えなかった。

その上、顔が特異だった。育ちすぎた糸瓜《へちま》のようで、顎が異様に突き出ていた。細い両眼は垂れ下がり、鼻も大きく、唇も厚かった。

なにを考えているのか摑みどころのない風貌《ふうぼう》だ。

「おや、磐音様は初めてですかな。浜奉行の山瀬《やませ》金大夫《きんだゆう》様です」

正徳丸の船中で東源之丞が話した浜奉行山瀬家の養子かと、磐音は合点した。

「山瀬どのか。そなたの養父どのとは面識があった。だが、そなたとは、それがしが藩を離れた後に跡目を継がれたようで互いに面識がございませぬな。坂崎磐音にござる。お見知りおきくだされ」

と磐音が挨拶すると、金大夫はいよいよ腰を沈めるように折って、

「坂崎様、ご挨拶が遅れまして申し訳ござらぬ」

とぼそぼそした口調で返事をした。

「坂崎様、今朝方はうちの番頭が表にて失礼なことをお訊きしたようで、後でそ

の話を知り、文蔵、赤面いたしました」

「なにほどのことがござろう」

「坂崎様は本当に復藩なさらぬのでございますか」

とよほど気になるのか文蔵は問い直した。

「念には及ばぬ。すでに存じておろうが、それがし、藩を離れた者にござる。本来ならば、かような里帰りも許される立場にはござらぬが、こたび、実高様の格別なご配慮で墓参が許され申した」

「そこですな、懸念は」

「懸念と申されると」

「脱藩なされたお方が江戸では殿様と面会が許されておられる。この辺に、坂崎磐音様の特別なご身分が隠されておられると、中津屋文蔵、お見受けいたします」

「中津屋どの、物事をそう裏にばかりとられると万事が窮屈じゃ。それがしは江戸より女性《にょしょう》を伴い、両親《ふたおや》とご先祖に所帯を持つ許しを得るために参ったのでござる」

「御用がお済みになれば、江戸へ戻られると申されますか」

「懸念には及ばぬ」

磐音の答えを聞いた金大夫が思わず安堵の吐息を洩らした。

そのことが磐音に次の言葉を吐かせた。

「山瀬金大夫どのはなかなかの切れ者とか。中津屋どのが応援をなさり、藩物産所取締方の就任を願うておられるそうな」

糸瓜面に驚きが走り、文蔵が、

「早、そのような噂が坂崎様のお耳に届きましたか」

と言うと、

「山瀬様はこの風貌でだいぶご損をなさっておられます。ええ、なかなかの人材でしてな、浜奉行にしておくのは勿体のうございますし、藩のおためにもなりませぬ。私はなんとかして山瀬様を藩の表舞台に立たせたいと、声を大にして申し上げているところです。いえ、これは中津屋のためということでは決してございません。藩の利益になることとです。ご家老様は身分の上下、家格に関わりなく適材適所に登用なさいます。ぜひ山瀬様も陽《ひ》の当たる場所に推挙していただきたいものです」

「望みが叶《かな》えられるとよろしゅうござるな」

と磐音はあっさりと答え、

「これにて御免」

とその場を離れた。

集荷場に向かう磐音は、背にいつまでも尖《とが》った視線が張り付いているのを感じていた。

集荷場は高床の板の間と土間からなっていた。板の間は百畳の広さか。奥は帳場と接し、役人方が帳簿をつけていた。

板の間には御用船から下ろされた薬類、小間物、煙草《たばこ》入れ、象嵌《ぞうがん》の細工物など高価な品が並び、別の役人が帳簿に控えていた。土間のほうには古着の菰包みが山積みされ、荷解きが行われていた。

「おお、参ったか」

東源之丞が人込みの中から太った姿を現した。すでに額に汗が光っている。

「荷下ろしは順調ですか」

「本日は三割五分程度かのう。まあ、明日、目一杯働いて、三日目にいくらか残る。そんな按配《あんばい》じゃ」

関前藩の郡奉行は、城下以外の在郷のすべてを監督差配した。物産事業ともなれば海産物の大半が在郷からで、今も源之丞の管轄下にあるといえた。なにより藩主と国家老からの信頼の厚い源之丞だ。正睦の実質的な腹心であった。

「刎荷《はねに》の被害は如何《いかが》です」

「古着のおよそ一割が海に流された。仕入れ値に換算すれば大した被害ではないが、木綿縞《じま》の長着、麻絣《がすり》の綿入れが流されたのが痛い。だが、船を失うことを考えれば、軽微で済んだと言うべきであろう」

と答えた源之丞が、

「中津屋につかまったようだな」

とその光景を見ていたようで問うた。

「今朝方は大番頭の啓蔵どのに、ただ今は主の文蔵どのに、復藩するかどうかと念を押されました」

「要らざることを」

と東源之丞が吐き捨て、

「辰平どの、ちと坂崎を借り受けてよいか」

と辰平に断った。

「それがし、物産所を見物し、ぶらぶらと坂崎様のお屋敷に戻ります」

「すまぬ」

と詫びた源之丞が、

「御用部屋に参らぬか」

と物産所の板の間の西側に並ぶ座敷へと磐音を誘った。

「種瓢《たねふくべ》どのに会うたな」

御用部屋に対面すると、源之丞が山瀬金大夫のことをそう呼んだ。種瓢とは、晩秋になっても一つだけ棚から垂れているものをいう。

「正体が摑めぬ人物と見ました」

「そなたも承知の山瀬には、まあ領内でも評判の娘が一人おって、男子がなかった。種瓢どのは日出《ひじ》の郷士の倅じゃが、仲に立つ者があって山瀬に入った。評判と申したが、言葉の綾《あや》で、山瀬の娘のおつがは決して美形ではない、いや、城下では醜女《しこめ》と評判が立つほどの娘だ。だが、気立ては実によい。わしは浜歩きでおつがの気性を娘の頃からよう承知しておる。このおつがと種瓢が入り婿《むこ》して所帯を持ったとき、醜女と種瓢が夫婦になって、似合いといわれたものよ。だがわしはおつがの気性を知るだけに、種瓢のふてぶてしさが好かぬ」

「ふてぶてしゅうございますか」

「そなたが申すように正体を隠しておる。あやつ、中津屋に阿《おもね》り、そなたに揉み手をせんばかりにしておるが、腹の中ではなにを考えているか分からぬ」

「中津屋と組んで、父上の兼職なされる取締方に就任できそうですか」

源之丞は手を顔の前で横に振った。

「そのようなこと、ご家老の頭には全くない。いや、ご家老はどんな下士でも才があれば登用なされる。そのような者がいくらもこの物産所で働いておる。だがな、その者たちでも必ず、他の部署でどのような働きをするか見極めた上でお役に就けられる。目違いの場合はその者にうってつけの職に就けておられる。そんなご家老のことだ、ちと才を見せたからとはいえ、浜奉行から取締方に就任を許されるものか」

「東様、物産所取締方とはどのような職掌にございますか」

磐音は国家老が兼職する取締方とはどのようなものか、思い付かなかった。

「ただ今、ご家老が兼職しておられる取締方は、なんの権限もなく役料も付いておらぬ。物産所が軌道に乗ったとき、ご家老がわざわざ兼職なされたは、中津屋のような算盤《そろばん》ずくの商人と家臣の癒着を考えてのことだ。牽制の意味で新しい職掌を作られただけだ」

「なぜ父はこの期《ご》に及んで、取締方の肩書きを外そうとなされておられるのですか」

「まず第一は、国家老の多忙にあろう。第二の理由は、物産事業が順調に走り出したことがあろうのう。そこで国家老が兼職した取締方をこれ以上据え置くと、国家老兼職の習わしができると恐れておられるのではなかろうか。ご家老はご自分にも厳しい方じゃ。権限もなく役料もないと申したが、物産事業全体を統括監督する役目であることに変わりはない。もし次なる家老に兼職させるような役職と誤解を生じさせると、国家老職は政《まつりごと》と商いの二つの実権を、握ろうと思えば握れぬこともない。再び宍戸文六様の時代に逆戻りする」

「そこで取締方を独立した職掌にして、物産事業を監査させようと考えておられるのですか」

「わしはそう見ておる」

「父がそのようにお考えならば、山瀬金大夫どのが取締方に就任なされることはありますまい」

「目はないと読んでおる」

　と源之丞が答えた。

「ご懸念に及びませぬな」

源之丞はしばし沈思した。

「なにを迷うておられます」

「そなたが関前藩士ならば、一も二もなく腹を割る。だが、そなたは江戸に去る身じゃ」

と源之丞が言い切った。

「関前藩とは関わりなき者と申されますか」

「先のご家老の話で、わしは覚った。佐々木玲圓先生は幕府となんらか通じておられると推測した。そのお方の後継の道をそなたは選んだのじゃ」

「それがしが幕府の密偵とでも申されますか。それがし、佐々木家に入り、玲圓先生の養子となって、剣術家一筋の道を選んだつもりです。さらに……」

源之丞が顔を上げ、磐音を見据えた。

「さらになんだ」

「それがし、生涯の主君は福坂実高様御一人にございます」

源之丞はそれでもしばし考えていたが、膝をぱちんと手で叩いて、

「聞いてもらおう」

と言った。

「藩物産所を開設した折り、関前藩の借財は摂津《せっつ》大坂の蔵元に銀二千六百貫（およそ四万二千両）をはじめに、江戸屋敷の借金を合わせ、六万七千余両を超えておった。このこと、そなたに改めて説明の要もないな。ご家老がただ今の藩物産所の原型ともいうべき上方、江戸との直接取引を構想なされた頃、大坂の蔵元に借りておった銀二千六百貫及び蔵前の札差《ふださし》に融通を受けておった三千八百両は、十年の分割返済でなんとか見通しを立てたな」

磐音は頷く。

磐音、河出慎之輔、小林琴平による藩財政と政事改革案は、父正睦の構想に基づいていた。それだけにとくと承知していた。

「坂崎、大坂の借財じゃがな、十年のところ五年で完済できそうじゃ」

「おお、ようございました。藩士一同がお働きになった賜物《たまもの》です」

「実高様は一汁一菜で頑張られたからのう。そこまではよかった」

と源之丞が言葉を切った。

「われらが借財返済に必死で神経をすり減らしておるときに、国許で新たな動きが生まれ、根を張っておるのに気付かなかった」

「中津屋のことですね」

源之丞が頷いた。

「日出の生まれの中津屋文蔵を正睦様につないだのは、御手廻組頭《おてまわりくみがしら》香川《かがわ》家の亡くなられた隠居嘉太郎《よしたろう》様と聞いておる」

宍戸文六の奥方の実家が香川家だ。その隠居の嘉太郎は役職を辞しても隠然たる力を持つ人物であった。

関前藩の獅子《しし》身中の虫宍戸文六との対決の後、坂崎正睦と磐音は深夜密かに隠居の嘉太郎に会い、内談した覚えがあった。

そのとき、嘉太郎から、香川家は、宍戸文六に与《くみ》しては動かぬ。実高様のお心に従い、生死を共にする、との言質《げんち》を得た。このことがその後の、宍戸一派打倒を大きく左右したと磐音は今も考えていた。

「ともあれ、藩物産所が安定を得るまで中津屋が事業の繋ぎ資金を提供し、献身的に働いてくれた。ご家老もわれらも、そのことに対してどのような感謝をしてもし過ぎることはない。文蔵もまた事業の儲けはこれまでの借財先の返金に充《あ》ててくれ、次には家臣方の禄米半知を元に戻してくだされと、有難い言葉も言うてくれた。上方にも江戸にも借財返済の目処《めど》が立ってふと足元を見てみると、中津屋に一万六千両余りの未払い金があることに気付かされた。中津屋は未払い金などいつでも構わぬと申しておるがな、その代わり……」

「藩の人事に口を突っ込んできましたか」

「そういうことじゃ」

「父が兼職する取締方を山瀬金大夫どのにというのも、その一つですか」

「文蔵は先頃ご家老に書状を送り、山瀬の推挙をなしおった。眠っておった妖怪《ようかい》が正体を見せたということかのう」

磐音はなんとなく関前の、正睦が直面した苦境が分かりかけた。

「中津屋は藩物産事業の実権を握りたいのですか」

「まずそういうことだ。そのためには、そなたが復藩して取締方に就任することを一番恐れていた。そなたが、復藩はないことも坂崎家にも戻らぬことも明言したことで、やつらは差し当たっての障害を乗り越えたことになる」

「一万六千余両をすぐに返す当てはござらぬのですな」

「ようやく七万両の返済の目処が立ったところじゃ、そのような余裕があるものか」

「中津屋が動くとしたら」

「そなたが関前を離れた直後であろう」

磐音が頷いた。

「坂崎、種瓢どのじゃがな、あやつ、腕前を隠しておるが、なんでもタイ捨流《しゃ》の達人というぞ」

と源之丞が磐音の顔を見ながら言った。

四

磐音が坂崎家の客間に通じる廊下を行くと、押し殺したような嗚咽《おえつ》が聞こえてきた。

嗚咽の主はおこんだ。

夕暮れの光が庭に散っていた。

磐音は足を止め、静かに深く息を吸い、吐いた。そして、

「おこん、障子をあけてよいか」

と声をかけた。

「はっ、はい」

障子を開くと、慌てて涙を拭った様子のおこんが膝に文を広げていた。そして、隣の座敷には長持ちの蓋が開かれて見え、おこんのかたわらには畳紙《たとうがみ》が少しばかり広げられ、白綸子の小袖が覗いていた。

「どうした」

「ごめんなさい」

と詫びたおこんが膝の文を磐音に示し、

「お佐紀様の文が長持ちに入っていたの」

と答えた。

「お佐紀様は、私たちが関前で祝言を挙げられるように、花嫁衣裳一式を江戸にて揃えられ、長持ちの中にお色直しの衣服と一緒に入れてくださっていたの。いいえ、磐音様のために、佐々木家の家紋入りの継裃《つぎかみしも》も用意されているわ」

「なんと」

磐音も絶句した。

「お佐紀どのの早業には驚かされたぞ」

磐音はおこんの涙が嬉し涙と分かり、ほっと安堵して照埜を呼んだ。すると照埜と一緒に伊代も姿を見せた。独り客間に籠もっていたおこんの咽《むせ》び泣く声に二人は気付いていたが、どうしたものか迷っていたようだ。

「磬音、どうなされた。おこんさん、体の具合がよくないのですか」

「長の船旅の疲れが出たのではございませぬか」

と不安げな顔で次々に訊く。

おこんはすでに涙を拭い、姿勢を正していた。

「母上、伊代、気分が悪いわけではないようです。今津屋のお内儀のお佐紀どのが贈られた長持ちの中身に感涙していたのです」

「長持ちになんぞ入っておりましたか」

「文と、この白装束が」

と磬音が畳紙を指した。すると照埜が、

「それはもしや花嫁が着る装束、白小袖ですか」

「はい、照埜様、綿入れも打掛けもなにもかも揃えられております」

おこんが答えた。

照埜の顔が小袖と長持ちを往復し、おこんを見て、磬音に視線を移した。

「今津屋のお内儀どのは、そなたとおこんさんが関前で祝言をなされるよう長持ちに祝言の装束一切合切を用意なされて、船に積み込まれていたというのですか」

「母上、いかにもさようです。それがしの継裃までございますそうな」

「それはいいわ」

と伊代が喜びの声を発した。

「おこんさん、どうじゃ。長持ちに詰まっておる衣裳をすべて出してみぬか」

「はい」

女たちが急に張り切った。

衣桁《いこう》が用意され、長持ちから白無垢《しろむく》の花嫁衣裳、綸子の長儒袢《ながじゅばん》、綿入れ、小袖、打掛け、被《かぶ》り物の被衣、腰紐《こしひも》、伊達《だて》締め、帯、帯揚げ、帯締め、帯枕の紐までが座敷に広げられた。

白の下着を重ねて着る祝言の襲物《かさねもの》は、白の色調が重なりあって深みと艶と品があった。

「磐音、さすがは京の品ですね。おこんさんの肌の白さを表したような羽二重の白地の絖《ぬめ》はどうです。華美に陥らず、清楚《せいそ》で気品に満ちています。それに仕立てが素晴らしい。さすが江戸には腕のよい職人衆が揃うておられる。私はこのような仕立てを見るのは初めて、目の保養になりました」

照埜が感嘆する中にも、磐音の継裃などが長持ちから出され、おこんの花嫁衣裳のかたわらの衣桁に掛けられた。

女たちが夢中で衣裳を広げていると廊下に足音がして、正睦が姿を見せた。城下がりしてきたところらしい。

照埜が慌てて、おこんと伊代も居住まいを正した。

「おまえ様、気が付かぬことで」

「なんの騒ぎかな」

正睦も客間の様子に目を奪われた。

「父上、今津屋のお内儀のお佐紀どのが、われらが関前で仮祝言をいたすようにと配慮なされ、江戸の呉服屋に花嫁衣裳を注文なされ、密かに長持ちに入れて船積みなさっておられたのです。今、そのことが判明し、大騒ぎしておりました」

「おお、お佐紀どの、それはまた考えられたな」

「正睦様。お佐紀様は、関前での仮祝言のこと、佐々木家にも私の父、金兵衛《きんべえ》にもすでに断ってあると、文で記されておられます」

と文を読んだおこんが言い添えた。

「驚き入った次第かな。佐々木家の家紋は桔梗か。磐音の肩衣袴《かたぎぬばかま》まで揃うておるとなると、照埜、わが屋敷で祝言をいたさねばなるまいな」

「おまえ様、大事にございますよ」

「仮祝言じゃ、内々でよい。それがお佐紀どのをはじめ、江戸の方々の心にも適《かの》うことじゃ」

「はい」

と答えた照埜の脳裏は祝言で一杯になっていた。

おこんも祝言と聞いて顔を紅潮させた。

「祝い事の話が持ち上がっておる折り、恐縮じゃが、磐音、付き合うてくれぬか」

「どちらに参られますな」

「豊後一丸で亡《の》うなった警護方住倉十八郎と副船頭虎吉の通夜を今宵《こよい》執り行う。虎吉の通夜には東源之丞が参ることになっておるが、住倉の通夜にはわしが参ろうと思うてな」

「承知しました」

と即答した磐音は正睦に訊いた。

「住倉家ではどちらで通夜をなされますな」

「寺じゃ。亡骸《なきがら》は塩漬けにされてきたが、すでに腐敗が始まっておってな、屋敷ではできぬ。致し方なきことよ」

「菩提寺はどちらですか」

「乗晋寺と聞いておる」

磐音はそれが小林家の菩提寺であったことを思い出した。

「お供つかまつります」

正睦は乗り物に、磐音と用人水城秀太郎らは徒歩で従い、乗晋寺に向かった。

乗晋寺は須崎川の北側、御城の北西部の城下外れにあった。

一行は坂崎家の提灯《ちょうちん》を若党が持ち、先導に立った。大手門を出た乗り物は御馬場を抜けて、関前広小路に入った。七間半幅の大通りの中央を半間幅の疎水《そすい》が音を立てて流れていた。須崎川から取水された水で、両側の店が掃除や打ち水に使うものだった。そして、広小路を西から東に流れる疎水は御馬場で暗渠《あんきよ》になり、御堀へと流れ込んだ。

疎水の両側に三間半の通りが二つ、平行して走っていた。

江戸から運ばれてきた品の仕入れにやってきた近郷近在の商人の姿が広小路の両側道にあって、そろそろ暖簾《のれん》を下ろそうかという店頭を覗いたりしていた。

磐音は新旧の両替屋を見た。

上方屋の店頭に客の姿はなく、一方中津屋には金銀相場を確かめに来た隠居から、明日入り用の釣銭を両替に来た小商人の手代と数人の客がいた。

乗り物は関前広小路をひたひたと進む。

この左手奥に御番ノ辻があった。この鉤《かぎ》の手の辻で磐音と琴平は死闘を演じていた。

提灯の家紋に慌てて、

「ご家老様のお通りじゃぞ」

「お元気にございますか」

と声をかける店の主がいた。それらには用人の秀太郎が、

「豊前《ぶぜん》屋どのか。ご家老はご壮健にござる」

と応じながら進んだ。

数丁ほど進むと高札《こうさつ》場がある辻、その名も高札ノ辻に出て、横手通りを右に折れ、北に向かった。

通りは道幅三間となり、十数軒の旅籠《はたご》が軒を連ねていた。通りに向かって開け放たれた旅籠や木賃宿から弱々しい灯りが通りにこぼれ、煮炊きの匂《にお》いが漂って

きた。そろそろ宿も夕餉《ゆうげ》の刻限だろう。

横手通りの西側は西屋敷町で、中士の屋敷が連なっていた。

過ぐる日、河出家はこの横手通りから西に向かう屋敷小路に程近いところにあった。小林琴平の屋敷もそう遠くはなかった。だが、二家ともに廃絶して今はなかった。

旅籠町の中ほどから右に入った路地に中戸道場があったが、森閑としていた。

磐音は、

(明日は井筒遼次郎どのと稽古を約していたな)

と思った。ということは、遼次郎が坂崎家の養子に入るかどうかの返答をする日でもあった。

「磐音、どう思うな」

といきなり乗り物の中から正睦が問いかけた。

「遼次郎どのの決断のことにございますな」

「いかにも」

「返答の諾否はいざ知らず、遼次郎どのは一番困難と思える道を選ばれましょう」

「困難な道な」

　正睦はそう応じるとしばし沈黙した。横手通りが切れて須崎川に架かる雲母橋《きらら》を乗り物は渡った。すると辺りは急に闇が深くなり、気温もぐうっと下がった。左右は畑地や田圃《たんぼ》だ。黄金色に実り始めた稲穂の上を夜風がさわさわと渡り、磐音らを掠《かす》めて通り過ぎる。

　提灯の灯りが強さを増した。

「磐音、源之丞と話したそうじゃな」

　磐音にようやく聞こえる程度の小声になった。

「はい」

「仔細《しさい》は呑《の》み込めたか」

「およそ」

「難題は中津屋の一万六千両じゃ」

「いかにも」

「数年内なれば返済できよう。だが、中津屋、やいのやいのと言うてきおる」

「父上の兼職なさる物産所取締方を望んでおるそうな。山瀬金大夫どのに会いましたが、茫洋として正体が摑めませぬな」

「わしの目の黒いうちは宍戸文六様の二の舞はさせぬ。だが、人間たれしもいつまでも元気であるわけもない」

正睦は禍根の種をなんとか生きている間に取り除いておきたいという願いに満ちていた。

「一つかふたつ、手がないこともない」

乗り物の中から正睦が己に言い聞かせるような呟きを洩らした。

行く手に提灯の灯りがちらほらして乗晋寺が見えてきた。野良道が小川に沿って蛇行し、竹藪《たけやぶ》のかたわらを進む。

その先に住倉家の菩提寺はあった。

山門下の石段に乗り物が到着すると、国家老の乗り物に気付いた人々が狼狽し、正睦の通夜参列を知らせに本堂へと走る者もいた。

正睦は乗り物を石段下で降りると草履《ぞうり》を履き、磐音と用人水城秀太郎を伴い、石段を上がった。

山門に足音がして、十八郎の伯父の弁助《べんすけ》老人が矍鑠《かくしやく》として走ってきた。

「ご家老」

「弁助か。十八郎の奇禍、無念じゃ。線香を手向けさせてくれぬか」

「有難う存じます」

と応じた住倉一族の長老の弁助老人が、

「磐音様にございますな」

と訊いた。

「いかにも磐音です」

「あなた様が、十八郎と虎吉の仇《あだ》を見事に討ち果たされたと同輩から承りました。真《まこと》に有難うございます」

「隠居どの、無念にございましょうな」

「なんとか嵐の海を乗り切ろうとした折り、不逞の輩《やから》が十八郎と虎吉を襲うたとのこと、警護方としては不覚にございました。それを磐音様に取り繕《つくろ》うていただいたのです」

「いえ、住倉十八郎どのは十分に職責を全うなされました」

「有難きお言葉にございます」

弁助が思わず溢《あふ》れる涙を拳《こぶし》で拭った。

「弁助、十八郎の子はいくつか」

「嫡男市助《いちすけ》は十三歳にございます」

「ちと早いが、小姓見習いに出せ。時機を見て十八郎の職責を継がせる」

「ご家老」

と弁助が声を上げて泣き出した。


坂崎正睦を乗せた乗り物はさらに闇の深さを増した乗晋寺を出た。

正睦と磐音父子の通夜参列に、住倉の身内、親類が驚愕《きょうがく》し、参列していた他の藩士らも身を硬くした。

住倉十八郎を東源之丞の推挙で物産所警護方に選んだのは正睦自身だ。

弁助も十八郎も郡奉行支配下の使番《つかいばん》で、三人扶持《ぶち》十二石の下士だった。剣術の腕と忠義心を認められた十八郎は警護方に就いて五人扶持二十五石、その他に江戸の往来をすれば七両の役料が付いた。

ともあれ、下士の通夜に国家老が顔出しすることは異例だった。

正睦と磐音は十八郎の亡骸に別れを言い、用人の水城秀太郎が弔慰金十両を仏壇のかたわらに置いた。

さらに正睦が残された内儀と嫡男の市助に悔やみを述べたが、二人は返礼の言葉を返すことができないほど驚愕していた。

正睦らが長居すると家の者も参列の者も緊張が解けない、そう判断した父子は早々に寺を辞去したのだ。

「父上、住倉どのには真に相すまぬ思いにございます」

「江戸のさるお方が邪《よこしま》な考えで放たれた刺客に斃された住倉の無念は計りしれぬが、これも運命《さだめ》じゃ。火の粉は狙《ねら》い定めた者ばかりを襲うとは限らぬでな。普段の心がけが肝心じゃぞ、磐音」

「はい」

提灯の灯りが風に揺れて消えそうになった。若党が必死で風から灯りを守り通そうとした。

そのせいで乗り物が停止した。

乗り物は町外れの夜道で止まっていた。すぐ先には西側の山から流れくる細流の九十九《つくも》川があって土橋が架かっていた。九十九川は下流で須崎川に合流した。

灯りが落ち着いた。

「迷惑をかけました」

と若党が謝り、一行は再び進み始めた。

遠くから風に乗って潮騒《しおさい》と嬌声《きょうせい》が伝わってきた。三味線と太鼓の響きも混じっている。撞木町や須崎町に集まる茶屋や安直な煮売り酒屋からか。

「騒ぎの後に撞木町は一時廃れたが、またこの賑わいじゃ」

「父上、水清くして魚棲《す》まぬ道理。藩財政が好転し、商いが盛んになれば致し方なきことではございませぬか」

「そなたの申すことが正しかろう。だが、それが癒着の温床になってはと、堅物の父は案ずるのじゃ」

「いかにも」

と答えた磬音が、

「御免」

と乗り物の正睦に声を残すと、前方に走った。

土橋の上に人影があった。

黒覆面の数人だ。

藩士ではない。だが、浪々の剣客という風情でもなかった。町道場の道場主か、門弟といった印象だが、それ以上のことは磬音には分からなかった。

「どなたかな」

磬音は長閑に問いかけた。

答えはない。

「関前藩国家老坂崎正睦の乗り物と承知のことでござるか」

沈黙のまま抜刀した。

「お相手いたす」

磐音も包平《かねひら》二尺七寸を抜いた。

「磐音様」

と用人水城秀太郎が背から呼びかけた。

「秀太郎、父上のかたわらを離れるな。灯りを持ち、前に回って照らせ」

と矢継ぎ早に命じた。

道も土橋も二間と幅がなく、橋には欄干《らんかん》もない。流れは一間ほどだが滔々《とうとう》たる水量があった。

土橋の真ん中に進んだのは二人で、正眼と、虚空に切っ先を立てる構えで磐音を見た。

磐音は正眼に包平を置いた。

動かない。動く理由もない。行く手を塞《ふさ》いでいるのは相手方だ。対決が長引けば藩士が通りかかるやもしれなかった。

背後の侍が二人に合図の舌打ちを送った。

二人が同時に踏み込んできた。

磬音も、
ふわり
という感じで踏み込んだ。その動きに相手は、

(なんだこの程度か)

と高を括《くく》った様子を一瞬見せた。

二人がほぼ同時に磬音の左右の肩口に剣を振り下ろそうとした刹那《せつな》、二人は驚愕した。

冷たい感触が胴に静かにも押し寄せ、一気に二人の腹前を浅く掻き斬って横手に吹き飛ばした。二人は絡み合うように流れに転落し、水音を上げた。

磬音は舌打ちした三人目が動いたことを察知し、踏み込んできた剣を、引き付けた包平で迅速に払っていた。

相手の剣が包平に押されて横へと流れた。

その瞬間、相手の正面に隙《すき》ができた。

包平が余裕を持って相手の肩口に落とされた。

「ぎえぇっ！」

悲鳴を上げた相手はよろよろとよろめくと、自ら流れの中に転落していった。

磐音は残った刺客を見た。

その瞬間、数人の残党は算を乱してその場から逃げ出した。

「磐音様」

水城秀太郎が呆然《ぼうぜん》として声をかけた。

「次なる刺客が襲いくるやもしれぬ。父上の乗り物を雲母橋の向こうへと走らせるぞ。提灯持ち、先頭に立て！」

「はい」

若い声が緊張して乗り物は走り出した。

磐音はそのかたわらに従いながら、包平の血振りをした。

第三章　三匹の秋茜

一

未明七つ（午前四時）、横手通り裏の神伝一刀流中戸信継道場はまだ眠りから覚めていなかった。

辰平を伴った磐音は勝手知ったる道場に上がり、まず灯りを点《とも》した。

見所《けんぞ》の神棚の灯明から始めて、道場の四隅に置かれた行灯《あんどん》の灯りを点した。行灯は掃除が行き届いておらず、灯心が短くなっているものも、油が少なくなっているものもあった。

ともあれ灯りが入って道場がおぼろに浮かんだ。

神伝一刀流は関前藩の御流儀と呼ばれ、藩道場を自任していた。だが、信継が気力を失った今、精彩を欠いていた。

磐音は道場の真ん中に立ち、感慨に耽《ふけ》った。

万物にはあまねく栄枯盛衰が付き纏《まと》う。だが、まさか中戸道場がこれほど精気を失っていようとは、夢想だにしない磐音であった。

「辰平どの、掃除から始めようか」

と声をかけたとき、すでに辰平は庭の井戸から桶《おけ》に水を汲《く》んで姿を見せていた。

昨日の稽古で井戸端を承知していたのだ。

佐々木玲圓道場の住み込み門弟の辰平にはなんでもない朝の日課だ。

「雑巾《ぞうきん》は見つけたか」

「井戸端にありました。昨日、井戸端のかたわらに干してあるのを確かめておりました」

と辰平が雑巾を一枚磐音に渡した。

「辰平どの、その濃《こま》やかな心配りが剣術修行にも大事じゃぞ」

と磐音が誉めたとき、路地にばたばたと足音がして、稽古着の井筒遼次郎が姿を見せた。

雑巾を手にして立つ二人の格好に遼次郎はすぐに気付いた。

「あっ」

と狼狽の声を上げた遼次郎が、

「磐音様と客人に掃除をさせるなど、失礼いたしました」

と赤面し、磐音から雑巾を取り上げようとした。

「遼次郎どの、掃除をするのも稽古の一つ。皆でいたそうか」

「はっ、はい」

辰平が遼次郎に雑巾を手渡すと、三人は道場の端に膝をついて競争でもするように拭《ふ》き掃除を開始した。

八十畳ほどの板の間は瞬く間に綺麗に拭き上げられた。

朝の光が道場の床を浮かび上がらせた。

神棚の水を替え、三人は神棚に拝礼して気を鎮めた。

「磐音様、稽古を付けていただけませんか」

遼次郎の上気した顔があった。

そのすっくと伸びた長身は辰平の身丈とほぼ同じだった。

佐々木道場に住み込むようになった辰平は、日夜の猛稽古によって、しなやかに伸びた六尺有余の五体にほどほどの筋肉をつけていた。

一方、遼次郎の体はまだ自然のままで、稽古によってつく筋肉は十分ではなかった。

磐音は遼次郎の言葉に頷くと竹刀を握った。

遼次郎も竹刀を手にした。

二人が礼をし合うのを見た辰平は、木刀の素振りからその日の稽古を開始した。

磐音と遼次郎は相正眼に構えた。

遼次郎は緊張のあまり五体が固まっていた。

中戸道場の門弟や関前藩の藩士にとって坂崎磐音は、

「御番ノ辻で死闘を演じた人物」

であり、その名は今や神格化されていた。

遼次郎が硬くなるのも無理はない。

「遼次郎どの、構えを一旦解き、力を脱くがよい。剣術は、力が入りすぎても虚脱しすぎても力が発揮できぬでな」

磐音の言葉はあくまで物静かで長閑《のどか》にさえ聞こえた。

「はっ」

と構えを解いた遼次郎は肩を上げ下げし、深呼吸を繰り返した。

「このように跳ねてみられよ」

磐音は竹刀を片手に持ったまま、柳の枝に飛びつく蛙《かわず》のように、その場で膝に力を入れず跳び跳ねた。操り人形の動きのようで可笑《おか》しみがあった。だが、遼次郎は、

「はい」

と返事をすると、磐音の動作を素直に真似た。二人が競い合うように跳躍をすること十数回、

「よかろう」

と磐音は声をかけ、再び構え合った。

遼次郎の息が軽く弾み、緊張が解けたか、五体から力みが消えていた。

「よいよい。これでなくてはならぬぞ」

と誉めた磐音は、

「参られよ」

と自ら誘いをかけ、遼次郎との打ち込み稽古を始めた。

四半刻（三十分）ほど相手を務めた磐音は、遼次郎の性格と剣風をおよそ見抜いていた。

兄の源太郎以上の育ちのよさが随所に見られ、それが剣術の稽古にも表れていた。磐音がわざと隙を作って打ち込むように誘いをかけても、遼次郎はすぐには打ち込んでこなかった。

「参られよ」

磐音の命にようやく打ち込むが、全力が籠められていなかった。

「遼次郎どの、稽古の場で遠慮は無用じゃ」

何度か注意を促されて必死になった遼次郎の竹刀捌《さば》きには、時になかなかの伸びと力があった。

「それにござる。その呼吸、踏み込み、覚悟を忘れてはならぬぞ」

息が上がった遼次郎に稽古をやめさせた。

二人は道場の真ん中で対面して、頭を下げ合った。

磐音は顔を上げたが、遼次郎は面《おもて》を伏せたまま、

「坂崎磐音様、未熟者の遼次郎にございますが、厳しくご指導のほど、末永くお願い申します」

この言葉には、磐音だけに分かる意味が含まれていた。

「苦難の道を歩まれると、肚《はら》を固められたか」

遼次郎は伏せていた面を上げ、磐音の両眼を見詰めると、

「はい」

と潔く答えた。

「相分かった」

とだけ磐音は答えた。

道場には師範の磯野玄太ら数人の門弟が姿を見せていた。その中に、実弟の決断を案ずる井筒源太郎が交じっていた。

磐音と源太郎は視線を交わらせ、頷き合った。それだけで意は通じた。

「坂崎、われら門弟が遅れて申し訳ない。明日よりはこのような失態は繰り返さぬゆえ許してもらいたい」

と磯野が詫びた。

「師範、久しぶりの中戸道場の朝稽古に、早く目が覚めただけのことです。お気になさいますな」

磐音は改めて道場を見回した。

磐音の帰国を聞きつけた家臣らが次々に姿を見せて、いつの間にか十数人となっていた。

磐音は辰平と遼次郎の二人を呼ぶと、

「辰平どの、遼次郎どのに佐々木道場の腰固め、木刀振りの基本を教えてくれぬか」

と頼んだ。

「宜しくお願い申します」

遼次郎が辰平に頭を下げた。

「遼次郎どの、そなたの体は未だできあがっておらぬ。そこで足腰に筋肉を付けることから稽古をやり直そうか。辰平どのも一、二年前に通り過ぎた過程じゃ。よう承知しておる」

佐々木道場では重めの木刀で素振りを繰り返させ、まず足腰を鍛え上げさせた。これは木刀を迅速に振り切ることが目的ではない。あくまで体の土台を作り上げることに眼目があった。与えられた木刀が的確に扱えるようになれば、さらに重い木刀に替えられた。

木刀振りを数年も続ければ、自然に脚力、腰力、膂力《りょりょく》、腕力がしっかりと鍛え上げられ、腰を中心にした動きが自然になる。五、六年の修行の後には、一貫目を超える赤樫の六尺の太棒も片手で振り回すことが可能になった。

「遼次郎さん、庭に出ませんか。佐々木道場では足裏が地面をしっかりと捉えられるよう土の上でこの稽古に励みます」

「お願いいたします」

二人の若者がそれぞれ木刀を選んで道場から出ていった。

「義兄上《あにうえ》、稽古を」

源太郎が磐音の前に姿を見せた。

二人が竹刀を構え合うのは八年ぶりのことか。

二人は悠然と打ち合い、受け合った。源太郎は日々精進のあとが見られた。だが、相手があっての稽古ではないので、打ち合い慣れしていなかった。

磐音は動きの中で隙が生じた箇所を、
びしり
と叩いて無言のうちに欠点を指摘した。

加えて、貫禄をつけた分、耐久力と俊敏性に劣っていた。源太郎の息が上がったところで稽古をやめた。

「義兄上、ご指導有難うございました」

「多忙な身とは思うが、今少し体を動かされよ」

「お恥ずかしき次第にございます」

磐音は源太郎、遼次郎兄弟の剣が実直であることを喜んでいた。

「剣は王道たれ」

酔ったときの佐々木玲圓の口癖だ。

仕掛けや癖のある剣は、最初こそ技が進むことはあれ、大きくは上達せぬと玲圓は主張する。基本を忠実に身につけた上にこそ独創の技は花開くというのだ。

磐音は玲圓の言葉に照らして、二人の兄弟の剣風を認めた。

「坂崎、それがしにも稽古を付けてくれ」

「なに、おれが先だぞ」

と久しぶりに姿を見せた門弟と手合わせして、昼前に稽古を終えた。なんとその頃には門弟の数が四十人を超えていた。

中戸道場に久しぶりに活気が戻っていた。

最後の頃には中戸信継も見所に姿を見せた。それが門弟らに一層の励みを与えた。

「中戸先生。明日からは、稽古の終わりに勝ち抜き戦を行いませぬか」

「そういえば、久しく勝ち抜き戦もしておらぬな」

と答えた信継が、

「磯野、近頃休んでおる門弟らに声をかけてみよ。今少し人数も集まるやもしれぬ」

中戸道場の勝ち抜き戦は総員が出場するものだ。二手に分かれ、一番手だけが先生より指名された。この両者の勝ち抜けた者が次なる相手を指名し、敗北するまで続けるのだ。

磐音が江戸に出る前、五人勝ち抜いた七人勝ち抜いたと互いが切磋《せっさ》琢磨《たくま》して競い合っていた。

「畏まりました」

と磯野が張り切った。

信継が奥に引き下がり、古い門弟らが磯野玄太の周りに集まり、

「磯野、徒士《かち》の北村勝一郎《きたむらかついちろう》を呼び出せ。やつは力を付けておるでな」

と作事《さくじ》奉行の立浪八兵衛《たつなみやへえ》が先輩の威光で命じた。

「立浪様、それが……」

「なんだ、どうした」

「北村は諸星道場に通っておりまして、まず誘いには乗りますまい」

「なにっ、あやつ、諸星に鞍替えか。けしからん。徒士頭《がしら》の今野《こんの》郁男《いくお》に命じて明日よりこちらに参らせる」

「立浪様、それは中戸先生の意に添いますまい。去るを追わず来るを拒まずが先生のお考えと存じますゆえ、声をかけて参られる方だけで勝ち抜き戦を復活させませぬか」

「坂崎、そなたが江戸から戻ってきておるというに、それでよいのか」

「宜しゅうございます」

「玄太、そなたがしっかりせぬからこのような仕儀に相成るのじゃ」

と立浪ら先輩門弟が好き放題言って道場から出ていった。

「ふーうっ」

と磯野が吐息を洩らした。

「何処《いずこ》の道場も、師範というもの気苦労が絶えませぬな」

「坂崎も佐々木道場の師範を務めておるのか」

「いえ、それがしは師範の手伝いゆえ気は楽です。ですが、師範の気配りを傍《はた》から見ておりますので、よう承知です」

磐音は本多《ほんだ》鐘四郎《かねしろう》のことを思い出していた。

「義兄上、先生にお話しなされたのですね。磯野どのにもお知らせしても構いませぬか」

源太郎がかたわらから訊き、磐音が首肯した。

「なんだ、井筒。坂崎になんぞ変化がありか」

「義兄上はこたびの関前帰省の後、江戸に戻られて、佐々木玲圓先生の跡目を継がれるのです」

磯野が両眼を丸くして磐音を見た。

「安永一の剣術家との名声が高い直心影流佐々木玲圓様の跡目を、中戸信継門下の坂崎磐音が継ぐか。そなた、とうとう大海に躍り出たな。さもあらん。そなたの剣術には悠揚迫らぬ王者の趣がある。井筒、嬉しい話を聞かせてくれたな。瞼《まぶた》が急に熱うなってきおったわ。これは涙ではないぞ、汗じゃぞ」

と言いながら磯野玄太は瞼を片手で押さえた。

中戸道場からの帰り道、井筒源太郎と遼次郎兄弟、それに磐音と辰平の四人で屋敷町を抜け、浜通りに出ることになった。

「義兄上、磯野どのは先生が気力をなくされてから道場を一人で切り盛りされてこられましたから、心労が絶えなかったと思います。それだけに、義兄上の佐々木玲圓先生の跡目相続は感激の知らせだったのです。差し出がましいとは思いましたが、つい口にいたしました」

　と源太郎が詫びた。

「そのようなことはどうでもよいが」

　と応じた磐音は、

「中戸道場の門弟で諸星道場に移られた家臣の数は、どれほどに上るな」

「数は二十人前後でしょうか。優秀な者ほど、厳しい稽古の諸星道場に鞍替えしました」

「致し方ないな」

「近頃では、諸星の門弟になれば藩内の役職に就けるとか、出世するとか、引き抜き紛いの誘いもあるようです」

「先生がお元気になられるのが、中戸道場の活気を取り戻すただ一つの道だがな」

　四人が歩く屋敷町は百石から二百石の中士が住む一帯で、俗に小路北と呼ばれていた。反対に関前広小路を挟んだ南側の屋敷町は小路南と呼称され、禄高も身分も小路北より上で、井筒家も小路南にあった。

「この二年余りのご様子を見ておりますと、どうも芳しくございません」

と源太郎は言外に中戸信継の病が深刻と告げていた。

「お医師にかかっておられような」

「長崎帰りの総村海堂《そうむらかいどう》若先生が数日おきに参られますし、時に老先生もお顔を出されます」

総村家は代々関前藩出入りの内科医で、藩主実高のお医師の一人でもあった。老先生と称される朴堂《ぼくどう》は漢方医として知られ、若先生の海堂は蘭学《らんがく》を学んでいた。

「総村様の父子が治療に当たっておられるならば、早晩ご快癒なされよう。そう願おう」

四人は浜通りに出た。

磐音らは藩物産所に立ち寄って様子を見ていこうとしていた。

「どうやら荷下ろしは終わったようですね」

遼次郎が沖合いに停泊する二隻の御用船を見て言った。

正徳丸と豊後一丸の吃水《きっすい》が上がり、もはや艀《はしけ》の姿はなかった。

藩物産所にはこれまで見た以上の商人衆《あきんど》がいて、江戸で仕入れてきた商品の品定めをしていた。

そんな中に東源之丞と物産所支配の伊庭《いば》起春《たつはる》が立っていた。

磐音らを見た源之丞が、

「明日は入札。湊から御馬場は祭りのようになるぞ」

と張り切った。

「目付頭の園田七郎助と町奉行榊《さかき》兵衛《ひょうえ》どのに、ご家老暗殺を企てた連中の探索を厳しく伝えてある。そなたが斬った三人はなんとか川から這《は》い上がり、逃げ失《う》せたようだ。須崎川の河口まで捜索させたが、今のところ死体は見つからぬ」

東の前職は目付頭だ、それだけに今も隠然たる力を藩目付に行使できた。城下で国家老が襲われたとなれば、当然町奉行も同時に動くことになる。

「死に至る傷を負わせた覚えはございません」

二人の問答を井筒源太郎が驚愕の様子で聞き、

「義父上《ちちうえ》が襲われたのでございますか」

と問うた。

「昨夜、ご家老は住倉十八郎の通夜に出られてな、その帰り道、雲母橋の先で襲われたのだ。だが、坂崎が同道したで、刺客どもは反対に三人が斬られ、九十九川に落ちたのだ」

「そのようなことがあったとは存じませんでした」

源太郎の顔が険しくなった。

その事実を知らぬ遼次郎と辰平の若い二人も、息を吞んで話に聞き入っていた。

「坂崎、たれが画策しておるか口にはせぬが、わしが考える人物ならば、この一件で馬脚を現し、自滅することになるやもしれぬぞ。徹底的に園田らに追わせる」

と東源之丞が磐音と源太郎に厳然と言い切った。

二

坂崎家の女たちも、磐音とおこんが関前滞在中に仮祝言を挙げるというので慌ただしく動き出していた。

照埜は女衆《おんなし》を指揮して、蔵から金屛風《きんびょうぶ》や三々九度の酒器や漆器を出し、想定される出席の人数分を揃え、それらに遺漏《いろう》はないか丁寧に調べていた。

伊代は足りない道具を井筒家から借り出して、坂崎家に運んできた。

御旗奉行は関前藩では中士格だが、源太郎の祖父がなかなかの茶人で江戸や上方で集めたお道具があった。そのせいで、掛け軸など凝ったもの、渋みのあるものなどが蔵に揃えてあった。

おこんは、お佐紀が短い期間に買い揃えてくれた花嫁衣裳に風をあてるために、二間続きの客間の他に茶室の付いた離れ屋まで広げていた。むろん照埜の許しがあってのことだ。

おこんは迷っていた。

白無垢で祝言を終えた花嫁は、婿側から贈られた色物の衣装に改める。むろん磐音にそのような用意があるわけもない。お佐紀はそのことを考え、京友禅を二組用意していたが、おこんはそれを使ってよいかどうか、照埜に相談した。すると照埜は、

「お佐紀どののご厚意ゆえ、受け入れるのも一つの方法ですね。おこんさんの考え次第です」

と言い残し、その場を一旦去った。

照埜が戻ってきたとき、両手に畳紙《たとうがみ》を抱えていた。

「おこんさん、伊代が井筒家に嫁に行く前に私が城下の呉服屋を通して、筑前博

多に注文した友禅ですが、伊代にはこの文様が合いませなんだ。忌憚《きたん》なく申せば、色模様に負けておりました。そのようなわけで、未だたれも袖《そで》を通しておりません。おこんさん、見てくれますか」

「是非見とうございます」

畳紙が開かれると座敷に、

ぱあっ

と加賀友禅の華やいだ香気が漂い、広がった。

「まあ」

おこんは言葉を忘れて見入った。

紫縮緬《ちりめん》地に孔雀《くじやく》が大きく羽を広げ、肩、背、両袖に海棠《かいどう》が、裾には孔雀と絡んで菊が染め出されていた。華やかさの中に渋みがあった。

若い伊代が躊躇《ちゆうちよ》した気持ちが、おこんには分かった。職人の巧みな技が生み出した、華やかななかにも雅《みやび》なる友禅を着るには勇気が要った。

「どうですか、おこんさん」

「照埜様、これを着こなせましょうか」

「おこんさんなら大丈夫です」

照埜が友禅染をおこんの体に押し当て、両目を細めて、

「今小町のおこんさんには絶対に似合います。今津屋の老分どのからいただいた浮世絵『今小町花之素顔』のおこんさんを見たときから、この友禅が似合うのはそなただけと思うておりました」

と言い切った。

正睦が日光社参のために上府し、帰国する折り、今津屋の老分番頭由蔵は、絵師北尾《きたお》重政《しげまさ》が密かに描いていたおこんの浮世絵五枚を譲り受け、おこんにも内緒で正睦に土産として持たせていた。

おこんは後でそのことを知り、赤面した覚えがあった。

「照埜様、ほんとうにこんは友禅に負けておりませぬか」

「おこんさんの大らかに整った顔立ちと、しなやかな姿態にぴったりですよ」

照埜はなんとも満足げな表情をしていた。

元禄期《げんろくき》（一六八八〜一七〇四）、江戸幕府は手の込んだ装飾品などを奢侈《しゃし》として禁じた。それまで好き勝手に色や模様を楽しんでいた人々は困惑した。

そんな最中、宮崎友禅という人物によって画期的な染めの技法が考案された。染めでありながら、まるで紙に自在に絵を描くように花鳥風月を華やかに染め出

し、松竹梅、鶴などの縁起ものから詩歌の文字までを素材にして、その表現と描写を豊かに広げた。

照埜が目を細めて手にする加賀友禅はその極にあった。

「照埜様、お色直しに着させてもらってようございますか」

おこんは改めて請うた。

「着物ばかりは簞笥《たんす》の肥やしにしてもなりませぬ。おこんさんにお色直しに着てもらえるなら、わが坂崎家の語り草ともなりましょう。この友禅も喜びますよ」

と照埜は何度も首肯した。

磐音が戻ってきたのはそんな折りだ。

離れ屋に人の気配がするのでそちらに行った。磐音は茶室が付いた離れ屋に入るのは初めてのことだ。

泉水越しに臥龍梅《がりようばい》が遠く見えて、なかなかの景色だ。

「母上、おこんさん、ただ今戻りました」

渡り廊下から磐音の声がして、加賀友禅が衣桁《いこう》にかけられた次の間の襖《ふすま》が照埜の手で閉じられた。磐音を祝言の日に驚かそうという照埜の茶目っ気だ。

「おや、気が付かぬことで」

「あら、つい夢中になって」

と照埜が言い、おこんが慌てた。

「辰平様はどうなさいました」

おこんが辰平の身を案じた。

「遼次郎どのに案内《あない》されて、西の丸から本丸付近を散策しておる」

磐音と源之丞と源太郎の三人が慌ただしく相談し、遼次郎ら若い藩士らを選抜して、正睦の城下がりに密かに警護させることにした。そこで遼次郎は辰平を本丸の庭に案内する体《てい》で、正睦の城下がりを待ち受けるよう命じられたのだ。

辰平も自ら望んで正睦の警護の一員に加わった。

このすべてを郡《こおり》奉行の源之丞が、

「本丸から西の丸の間では、不逞の輩が入り込む隙もあるまいが、この際だ、用心に越したことはないからな」

と念入りに手配りしたのだ。

源之丞は在方《ざいかた》を支配監督する郡奉行の地位に就いていたが、藩主実高と国家老正睦の信頼厚く、利欲に恬淡《てんたん》とした性格から若い家臣にも慕われていた。

「昼餉はどうなさいました」

「われら、物産所の賄いを馳走《ちそう》になった」

明日の入札を前に物産所には賄い所が設けられていた。

「なんぞ美味しいものがございましたかな」

「母上、里芋なぞの季節の野菜と太い麺《めん》を煮込んだ団子汁でしたぞ。大鍋《おおなべ》で作られたゆえ、舌が落ちるほどの美味でございました」

「団子汁ですか。出汁《だし》がよいゆえ、さぞ美味しゅうございましたろうな」

照埜は自分も味わいたい表情を見せた。

「母上、おこんさん、御馬場まで参りませぬか。明日の入札を前に祭りのような賑わいですぞ」

「磐音、是非おこんさんを案内なされ。母は御馬場の賑わいなど食傷しておりますよ」

と照埜が二人だけにするために遠慮した。

「ならば参ろうか」

戻ってきたばかりの磐音がおこんを従え、また屋敷を出た。すると玄関先に、隠居した用人の水城祐五郎が杖《つえ》に縋《すが》って立っていた。かたわらに倅の秀太郎が付き添っている。

磐音が戻ったというので挨拶に来た様子だ。

「祐五郎、思ったより元気そうじゃな」

祐五郎が首をがくがくさせて頷いた。

「磐音様、口が利けませぬゆえ、返答はご無礼します」

秀太郎が代わりに説明した。

「祐五郎、それがしの嫁女どのだ」

おこんを紹介すると、祐五郎の顔がさらに激しく上下に振られ、

「い、磐音様、おめでとうございます」

と一語一語を搾り出すように必死の思いで祝いの言葉を述べた。

おこんが祐五郎の杖に縋った両手に触れ、

「こんです。関前逗留中に一度お長屋をお訪ねします。磐音様の幼き頃の話をお聞かせくださいませ」

と願うと、祐五郎が懸命に顔を歪《ゆが》めて笑みを作り、また頷いた。

「秀太郎、近々おこんさんと遊びに行くでな。約定いたしたぞ」

感涙に咽ぶ父と子が黙って頭を下げた。

坂崎家の門を出ると、西の丸の石垣辺りから秋の虫が集《すだ》く声が聞こえてきた。

「磐音様、お城の中は両国広小路の賑わいとはまるで違いますね」

深川六間堀の生まれで、江戸でも一、二を争う賑やかな両国西広小路の一角に店を構える今津屋に奉公してきたおこんだ。白鶴城の大手門内は、これまで全く知らなかった世界だった。

「町屋の賑わいを知るおこんには御馬場の騒ぎなどなにほどのこともなかろうが、屋敷ばかりでは息が詰まろう」

磐音が笑った。

「息が詰まるなど一瞬たりとも考えたことはないわ。こんはほんとうに照埜様とお会いできてよかった」

頷いた磐音が、

「祝言の日取りは決まったか」

「正睦様の御用の合間を見てということで、この四、五日内に挙げることになりそうよ」

「まさか、関前でそなたと祝言を挙げるなど夢想だにせぬことであった。これも偏《ひとえ》にお佐紀どのの温かいお心のお蔭じゃ」

「それもこれも本《もと》を正せば、吉右衛門様のお嫁様にお佐紀様をと必死でお膳立《ぜんだ》てし、奔走した磐音様の気遣いから始まったことよ。お佐紀様は、坂崎磐音様なくば私の今の幸せはございません、と常々言ってらしたもの」

「そなたも承知のとおり、老分どのの今津屋大事と思う忠義心が、今津屋どのにお佐紀どのを娶《めあわ》せたのじゃ。それがしはただの使い走りじゃ」

とあっさりと答えた磐音は、

「おこん、こたびの道中では吉右衛門どのとお佐紀どののお子の祝いを考えねばなるまいな」

「なにがいいかしら」

「関前は在所ゆえに見付かるかのう」

と首を捻《ひね》った。

二人は侍中の屋敷の間を大手門へと下る緩やかな石段を下りて、門を潜《くぐ》った。

門番所の中から、

「坂崎様」

と声がかかった。

振り向くと東源之丞の甥《おい》の東武治《たけはる》が飛んで出てきた。

宍戸文六騒乱の折り、磐音らに与《くみ》して立ち上がった若侍の一人だ。今は御番衆の一員として大手門の門衛を与《あずか》る小頭に昇進したという。

「武治どの、藩務多忙であろうが、中戸道場に顔を出されぬか。明日から勝ち抜き戦を催すぞ」

「聞きました。必ず参ります」

と答えた武治がおこんを眩しそうに見て、

「おこん様にございますね。叔父が世話になっております」

とおこんに挨拶した。

「東様にお世話をかけているのは私のほうです」

「まあ、酒飲みの叔父はどうでもよい。坂崎様は幸せ者ですね」

「おこんさんを娶《めと》ることか。いかにも、それがしは果報者じゃ」

「そうあっけらかんと答えられますと、話の接《つ》ぎ穂もありませんよ」

武治が苦笑いした。

文六騒乱の折り、東武治らはただの雛《ひな》侍だった。だが、この数年のうちにしっかりとした顔付きに変わり、立派な関前藩士に育っていた。騒ぎが武治らを成長させたとも言えた。

磐音は、関前藩が明和九年から安永二年にかけてのような騒ぎには絶対に陥らぬと確信した。

「明朝、楽しみにしておるぞ」

武治に見送られて大手橋を渡った。すると御馬場から子供たちの騒ぐ声が響いてきた。

広い御馬場にはすでに縄張りが終えられ、屋台店ばかりか旅の芸人一座まで簡単な小屋掛けをしていた。また近郷近在から仕入れにきた商人衆や担ぎ商人たちを相手に、鍋、釜《かま》、鋤《すき》や鍬《くわ》などの農具、竹笊《たけざる》、背負《しょ》い籠《ご》、漬物などを売る百姓衆や杣人《そまびと》、さらに煮干しや干物などを広げた漁師のかみさん連と、大勢が店を広げていた。

御馬場にはぽっかりと空いた一角があった。

藩物産所が江戸より仕入れてきた流行物や珍奇な雑貨、関前にはない甘味などを直売する場だ。明日の入札の後、店開きされるのだ。

御馬場の外側には立ち飲み立ち食いをさせる屋台店も並んで、領民を相手に商いを始めていた。

夕陽《ゆうひ》が山並みにかかり、御馬場に長い影を落としていた。

磐音とおこんは、そんな御馬場をそぞろ歩いた。すると磐音を知る城下の人々が声をかけてきた。

「磐音様、こたびはおめでとうございます」

「おおっ、蠟燭《ろうそく》屋の番頭どのか」

「はい」

と答えた蠟燭屋は、関前広小路で蠟燭から灯心、油、薪炭《しんたん》まで商う老舗《しにせ》だった。

「江戸から船が入っての入札の日は、うちも御馬場で蠟燭を売らしてもらいますので」

次から次に挨拶やら祝いの言葉をかけられたが、磐音がどうしても思い出せない人たちもいた。

江戸勤番時代を含め、およそ八年の歳月、関前で暮らしたことがなかった。城下のお店も代替わりし、新たな顔が中心になっていた。

灯りが点り、御馬場は白鶴城と関前の内海を背景に幻想的な雰囲気を漂わせた。見世物小屋が張り切り、子供たちの歓声もさらに大きくなった。

そのせいで磐音らに声をかける人々も少なくなった。

「磐音様」

おこんが露店を指した。そこには見慣れない品々の間に、籐《とう》で編んだ家具が一つだけ混じっていた。南蛮製か、お蚕を大きくしたようなかたちで、上方の一部分に覆いがあり、そこに小さな鈴がいくつもついていた。内部には小さな布団が敷かれ、白糸で複雑に編まれた透け布が被せられていた。寝籠《ねかご》の下には橇《そり》のような弧状の板が二つ脚代わりに平行に付いていた。

並べられた品揃えから推量して、琉球口か長崎口、異国からの到来物と思えた。

「これは赤子を寝かせるものですね」

おこんが商人に訊いた。

「へえっ、異国の金持ちが赤子を寝かせて、ほうれ、こう静かに揺するのでございますよ。赤子はすやすやと眠るそうな。揺り籠と申すそうです」

「可愛らしい鈴の音だこと。どちらのお国で作られたものですか」

「なんでも仏蘭西《フランス》とかいう国の品だそうですよ、長崎会所の町年寄りから譲り受けたものにございます。正直申して関前城下では売れますまい。博多に持って参ろうかと考えております」

「値はいくらかな」

磐音が訊いた。

「はっ」

と驚いた商人が、

「売り値を考えてもいなかったもので」

「して、いかほどかな」

「買い上げていただけるので」

商人は改めて磐音とおこんの風体を見て、

「旦那方、関前の方じゃございませんね」

と訊いた。

「土地の者でなければ品は売れぬか」

「いえ、そのようなこともございませんが」

と答えた旅の商人は、

「口開けでこのような客がつこうとは考えもしませんでした。博多に持ち込み、五両でなんとかしようと考えておりました。旦那、おかみさん、三両でどうです」

商人が二人の顔色を窺った。そのとき、

「坂崎様、おこん様、見物ですか」

と声をかけてきたのは物産所支配の伊庭起春だ。後ろに配下の役人を従えていた。御馬場の見廻《みまわ》り中らしい。

旅の商人が緊張した。

「伊庭どのか、ご苦労じゃな」

「明日が物産所の正念場にございます。東様は、利は必ず八百以上出せとわれらの尻《しり》を叩かれますが、そのように売れますかどうか」

伊庭が頭を掻いた。

「東様は昔から景気がよろしい」

と笑った磐音は、

「揺り籠とやら、いただこう」

と旅の商人に言った。

「坂崎様、この道具をお買い求めになって早、お子の心配ですか」

「祝言も挙げぬのにそれは早かろう。江戸で親しくしてもろうておるご夫婦に赤子が生まれるでな、買い求めたのだ」

「それは早とちりをいたしました」

と答えた伊庭が、

「そのほう、いくらで売るつもりか。なにっ、三両とな、法外にもほどがあるぞ」

　と磐音に代わって値切りの交渉でもする勢いだ。

「お役人、肥前の長崎から重い思いをして運んできたんですよ、仕入れだって安くはございません。そう法外な値を付けたつもりはございませんよ」

　と必死で抗弁した。そして、

「このお方はどなたです」

　と伊庭に磐音のことを訊いた。

「なに、そのほう、この方を知らずに売りつけたか。国家老坂崎正睦様のご嫡男だ」

「ひえっ」

　と驚きの声を上げた商人が、

「元値を切って二両でどうです」

　と磐音とおこんに交渉した。

　磐音が財布から三両を差し出し、

「頼みがある。明日でよい、大手門の坂崎まで届けてくれぬか」

　と頼んだ。

「三両でよいのでございますか。もちろんお届けには上がります」

と伊庭の顔を見たり、磐音を窺ったりと忙しい。

「磐音様、桂川甫周《かつらがわほしゅう》様と桜子《さくらこ》様、本多鐘四郎様と依田市《よだいち》様に祝言の贈り物があればと考えました」

「おお、そうじゃな」

磐音は、

「明日、揺り籠を届ける折りに、祝いの品に宜しきものを持って来てくれぬか」

と訊いてみた。

「祝言の祝いですか」

と首を捻った商人が、

「旅籠に仲間を残してございますゆえ問い合わせて、ございましたら、揺り籠と一緒に持参します」

と約定した。

三

翌未明、磐音と辰平が中戸道場への通りを曲がると、道場にはすでに人の気配があった。

二人は足を止めた。

ずずっ

と力強い音が聞こえた。

「なんでしょうか」

「相撲《すもう》の摺《す》り足の音だ」

磐音は懐かしい音を聞くものだとその音に耳を傾けた。

中戸信継は相撲を殊《こと》の外《ほか》好み、剣術の稽古に相撲の鍛錬を取り入れていた。

十代の磐音らは回しを締め込んで、庭に設けられた土俵の周りを腰を落とし、両足を逆ハの字に開いて摺り足で何周も何周も回らされたものだ。

摺り足の音が信継でないことは確かだった。

今度は、

ばちん

と肉と肉がぶつかる気迫の籠もった音がして、

ずっずっ

と足裏が土俵の砂を滑る気配があった。

磐音と辰平が門を潜ると、松明《たいまつ》を点された庭の一角が照らされ、なんと東源之丞が師範の磯野玄太と申し合いをしていた。

磯野が太った源之丞を必死に俵まで押し込み、最後に腰を落とし片手を伸ばして突き出した。

「おお、来たか。どうじゃ、坂崎、昔を思い出してやらぬか」

東源之丞の息はすでに上がっていた。

「どうなさいました、このように早い刻限から」

「昨日、客人に先手を取られたゆえ、それがしが道場に泊まり込みました。すると東様が先ほど参られ、相撲の稽古を強く所望なされたのです」

と磯野が、迷惑なという顔で答えた。

「先生がお元気な頃、よく相撲の稽古をやらされましたな」

「やったやった」

「ですが、このような刻限に相撲を取った覚えはございません」

「年寄りの冷や水と申したのですが、東様は中戸道場の門弟の気概を見せぬと江戸の客人に笑われると申されて」

磯野が苦笑いした。

「東様、磯野どの、十分にご両者の気迫は伝わりましてございます。そろそろ門弟衆も参られましょう」

と磐音は相撲の稽古をやめることを進言した。

「そうか。そなたが申すならば、この辺で切り上げようか」

源之丞は自ら言い出したはいいが、やめ時を待っていたようだ。

回し姿の二人が井戸端に行き、最初の門人たちが姿を見せた。

源之丞の甥の東比音吉《ひねきち》、武治兄弟だ。兄の比音吉は御廊下番と磐音は覚えていた。

「庭に松明など照らしてどうなされました」

武治が訊き、比音吉が、

「坂崎様、一別以来にございます」

と挨拶した。

「比音吉どの、達者であったか。そなたらの叔父御がな、師範と相撲の稽古をなさっておられたのだ」

はあっ

と兄弟が呆れたという顔をして、

「そのようなことを叔母上が知られたら、叔父上はこっぴどく叱《しか》られますよ」

と武治が嘆いた。

「武士の情けじゃ、内緒にしてくれぬか、武治どの」

「坂崎様のご命とあらば致し方ありませんが、一体全体なにを考えておられるのか」

そういう間にも続々と家臣たちが集まってきた。

大勢で道場の掃除を終えたとき、道場に朝の光が射《さ》し込んで清々《すがすが》しい気持ちになった。門弟の数は増えてすでに三十人を超えていた。

磐音が戻ったというので古い門弟たちが姿を見せ、

「坂崎、嫁女を連れて戻ったというではないか。どうだ、われらに引き合わせぬか」

「そうだ、磯野。撞木町で磐音の帰国祝いを開こうか」

「今夜ならば早く動いたほうがいいぞ。どこぞに席をとらぬと、入札の夜じゃ、場所がないわ」

「そなたに任せる」

と先輩の威光でさっさと集まりの予定まで決めてしまった。

井筒源太郎、遼次郎の兄弟も、物産所支配の伊庭起春も、腕自慢が揃う御番衆の竹中巌太郎《たけなかがんたろう》、平田忠助《ひらたただすけ》、猪木小助《いのきこすけ》、初木峰次郎《はつきみねじろう》らも顔を揃えていた。

御番組頭彦根清兵衛《ひこねせいべえ》に、

「坂崎磐音が戻っておる、稽古を付けてもらえ」

と命じられて姿を見せたのだ。

御番衆の面々は、磐音が江戸に上がったとき十三、四歳で、竹刀を交えたことがなかった。

その他、遼次郎と同じく御小姓組の剣持左近《けんもちさこん》、梅津一太郎《うめづいちたろう》らが加わり、新旧の門弟で四十人近くになった。

見所の戸が開き、中戸信継も姿を見せた。

「先生、お早うございます」

「おおっ、今朝は賑やかじゃな」

「坂崎磐音の歓迎会にございます」

と東源之丞が応じ、信継が、

「源之丞、そなた、夜明け前から回し姿で張り切り、磐音を驚かしたようだな」

「はあ、古手の意気を見せて若手を鼓舞しませぬとな」

と胸を張ったが、

「源之丞、風邪《かぜ》など引くでないぞ」

と古手の門弟に一蹴された。

「今朝は久しぶりに中戸道場名物の勝ち抜き戦を催すことにした。恒例により、一番手の対戦者はそれがしが指名する」

道場に緊張が戻り、四十余人が東西の壁際におよそ半数に分かれて下がった。

「ここに集う者たちは、神伝一刀流の手解きを受けた兄弟子である。いささか歳を食うた兄弟子も伸び盛りの新弟子も、勝ち抜き戦なれば遠慮は無用。存分に戦え」

「はっ」

と師の中戸信継の言葉に畏まり、次の言葉を待った。

総がかりの勝ち抜き戦だ。

全員が竹刀を下げ、飛び出さんという構えだ。

「一番手、東源之丞」

の信継の声に、

おおっ

という歓声が湧《わ》き、源之丞が太った体でのしのしと道場に進み出て、仲間を睥《へい》睨《げい》するように見回した。

「対戦者、坂崎磐音」

おっ

という驚きが走った。

いきなり磐音の名が呼ばれるとは、だれしも考えなかったからだ。

「お願い申します」

「そなたの剣名は関前まで聞こえておるが、ほれ、それがしはそなたの大先輩、幼き頃、竹刀の握り方から伝授したことを忘れるな」

「源之丞、この場では先輩後輩の遠慮は無用と申したぞ」

と信継に一喝された源之丞が、はっ、と畏まり、

「脅《おど》しもすかしも効かぬか」

と呟いた。

二人の対決に、源之丞の側に立つ者たちが、

「次はおれだ」

とばかりに、すでに磐音の前に飛び込む構えを見せた。

「一本勝負、始め！」

信継の声に、源之丞は得意の飛び込み面にすべてを賭けて、果敢に飛び込んだ。

長期戦になれば持久力が保《も》たぬと考えてのことだが、磐音にあっさりと躱《かわ》された上に、たたらを踏むところを反対に面打ちに決められ、あっさりと敗退した。

若手が七、八人固まって飛び込んできた。

磐音は先頭に立つ平田忠助を指名し、残りの者が引き下がろうとした。

忠助は正眼の構えを突きへと移行させ、一気に飛び込んだ。だが、それも磐音に払われた上に胴を抜かれ、横手に吹っ飛んで転がった。

忠助の仲間がまだ壁際に戻る前に勝負がつき、慌てて磐音に飛びかかった。梅津一太郎ら四人がほぼ同時に磐音の前に立ったのだ。

「四人一緒に参られよ」

磐音の言葉に四人は取り囲み、我先に一本取ろうとした。磐音が、

ふわり

と受け、反撃し、移動した。

春風が戦《そよ》いだ。

そんな感じの後、四人は肩を打たれ、小手に落とされて次々に引き下がった。

新手が手を替え、策を弄《ろう》して磐音に挑んだが、まともに打ち合う者はいなかった。

何番手か。目付頭の園田七郎助が初めて磐音と間合いを取り合い、打ち合いに持ち込んだ。だが、頃合いを見た磐音に胴を抜かれて敗《やぶ》れた。

磐音のいた組から相手の組に走る者も出始めた。東源之丞のいた組は残り数人になっていたからだ。

遼次郎と辰平の二人が磐音封じをとくと話し合ったか、

「二人にて掛かります」

と宣言して前に立った。

「存分に参られよ」

長身の二人が八双《はっそう》と逆八双に構え、間合いを十分にとって磐音に向かい、同時に飛び込んだ。そして、その眼前で二人が敏捷《びんしょう》にも交差して位置を変えると、二人同時に竹刀を振り下ろした。

ぱんぱん
と竹刀を弾く二連の音が響いた。次の瞬間、
どーん
と重い打撃を胴に受けた遼次郎と辰平が床に転がっていた。

二十余人が瞬く間に倒され、古手の門弟らが、

「居眠り剣法のやり方は分かっておる」

とばかりに数人がかりで囲んだがあっさりと敗れた。

最後に師範の磯野玄太が孤軍奮闘したが、繰り出す攻撃をすべて跳ね返された後に鮮やかな胴打ちで仕留められた。

道場にしばし沈黙が漂った。

磐音は見所の中戸信継に一礼して挨拶した。

「もそっと磐音を苦しめると思うたが、中戸道場の力、廃れたりか」

と信継が慨嘆した。

「先生、それがし、ちと意見が違い申す」

東源之丞が口を挟むと、

「われらの力不足は認めた上のことですが、それ以上に江戸での坂崎の成長が大

きかったというべきでしょう。致し方ありませぬぞ」

と諦め顔で言い切った。

「源之丞、相撲まで披露して無駄に終わったか」

「一瞬でしたな。いささか奇策を弄しましたが無駄に終わりました」

平然とした顔付きの源之丞が頭を掻き、

「先生、言い訳を重ねるようですが、大坂からの船中、聞きましたぞ。佐々木玲圓先生の直心影流尚武館道場の柿落としに招聘《しょうへい》された数多《あまた》の剣客を破って、坂崎が第一位に輝いたそうですな。江都を代表する達人を退けての勝者です、日本一と称してもおかしくない。ちとわれらでは力不足でした」

「ちとか」

「はあ、だいぶでしょうか」

源之丞と信継の珍妙な会話に、道場の固い雰囲気もようやく解《ほぐ》れた。

「われら、恥をかきに早朝から道場に参集したようだな」

「いかにもさよう。だが、豊後は心優しき土地柄でな、磐音が嫁女を連れて戻ってきたのだ。嫁女どのに恥をかかせるわけにもいくまい」

「なに、そなた、嫁女がいなければ磐音に勝つつもりであったか」

「いや、そういうわけでもないが、あのように格段の力の差を見せつけられては、悔しさもなにもあったものではないわ」

「いかにもさようかな」

一番老練な門弟、近習番《きんじゅ》の須々木《すずき》金八《きんぱち》が、

「坂崎、そなたの剣術の腕前をとくと知り、われら一同、感服いたした。ようここまで修行したな」

と労うと、

「だが、このご時世、剣では飯は食えまい。あの美形の嫁様をどうして養うつもりか」

と古い門弟の誼《よしみ》で訊いた。

「須々木様、それはご心配召さるな。坂崎は佐々木玲圓先生の道場を継ぐのです。佐々木家に養子に入るのです」

「東、そりゃ、ほんのこつか。待てよ、嫡男の磐音が江戸で養子に入るとなると、関前藩国家老の家系はどうなる」

須々木の反問に、こればかりは東源之丞も答えられない。そこで磐音に視線を向けた。

「そのことは父が考えられることにございましょう。そろそろ稽古を始めませぬか」

と磬音がその話題に蓋をして、稽古を促した。

「坂崎様、本日は入札日にございますれば、力をそちらにも温存しておかねばなりませぬ。われらはこの辺で」

と伊庭起春ら老練な家臣たちは早々に道場を引き上げ、若手だけでの稽古を再開した。

結局、この夕刻、東源之丞が宴の場を決め、坂崎家に知らせが入ることになった。屋敷に戻り、おこんにそのことを説明して誘うと、

「女の私が、殿方のお集まりの席に出ていいのでしょうか」

と気にかけた。

「それがしより、皆はおこんさんに会うのを楽しみにしておるでな」

「おこんさん、田舎《いなか》のことゆえ口さがない者もおりましょうが、出てやりなされ。殿が在府で、国許の殿方はいささか退屈をなさっておられます。おこんさんに会えば皆も喜ぶことでしょう」

照埜が許しを与えた。

昼餉の後、磐音は辰平とおこんを、

「訪ねたきところがあるのだが付き合うてくれぬか」

と誘った。

「私もよろしいので」

とすっかり関前にも慣れた様子の辰平が問い返した。

「江戸と違い、退屈しているのではないか」

「いえ、そうでもありません。楽しんでおります」

「用事がなければ付き合うてくれ」

磐音は前もって照埜だけに外出先を告げていた。

色絣《いろがすり》を爽やかに着たおこんと辰平の二人を伴い、大手門を潜った。そろそろ袷の季節だが、関前の陽光はまだ夏の名残を留めていた。

「坂崎様、おこん様、今宵の集まり、楽しみにしております」

と東武治が声をかけてきた。

「宜しゅう頼む」

藩物産所では入札の真っ最中のようで、威勢をつけた競りの声が響いてきた。

「東様も伊庭様も張り切っておられような」

物産所の活況を横目に湊に向かった。すると、

「磐音様、船はこちらに」

と老僕の佐平が目をしょぼつかせながら、磐音が頼んでおいた船を指した。

須崎浜の漁師の雲次《くもじ》がぺこりと頭を下げた。

「おおっ、雲次、元気か」

「へえっ、元気だけが取り得じゃわ」

と赤銅色《しゃくどういろ》に焼けた顔で雲次が返事をした。代々坂崎家に出入りの漁師だ。

「猿多岬まで頼む」

「承知しました」

おこんと辰平が船に乗り込むと、徳利と茶碗、閼伽桶には菊の花が用意されていた。

「磐音様、お寺様に行かれるのですか」

船が白鶴城の北側に沿って漕ぎ出されたとき、おこんはなんとなく心当たりの人物を思い浮かべながら訊いた。

「おこんさんは、金兵衛どののお長屋にあった三柱の位牌をよく承知じゃな」

「藩政改革のとき斃れられた、幼馴染みの方々ですね」

「いかにもさよう。河出慎之輔、舞どのの夫婦に小林琴平の三人だ。騒ぎの最中、敵方の姦計《かんけい》に嵌《はま》った慎之輔と琴平の両家は廃絶した。菩提寺も憚って城下にはないそうな」

「お三方の埋葬された寺に参るのですね」

「そういうことだ」

雲次の漕ぐ漁師船は白鶴城が聳える断崖の突端を回ろうとしていた。すると断崖の下に、干潮のときのみ口を開ける埋門《うずみもん》を見ながら、南の岩浜へと出た。

白鶴城のある断崖から弓状に延びた岩浜が広がり、内海の中央に魚島があってその南に猿多岬が見えてきた。

白鶴城から猿多岬まで海上一里余だ。

雲次はいつの間にか船に帆を張っていた。順風を受けて船は一気に猿多岬の突端にある集落、辺菰《へこも》集落に到着した。

三人の友が眠る地は辺菰村のただ一つの山寺の翠心寺、と教えてくれたのは、小林家の菩提寺であった乗晋寺の和尚だ。磐音は住倉十八郎の通夜の折り、そのことを聞き、知っていた。

辺菰の集落は戸数七軒ほどの漁村だ。

浜からいきなり三百段の石段が翠心寺に通じていた。

辰平が閼伽桶と徳利を持ち、磐音がおこんの手を引いて石段を上がった。

翠心寺は住職が無住の寺だ。墓地は探すまでもなく白鶴城を眺める岬の斜面にあった。

だが、どこにあるのか三人の墓は見付からなかった。

大きな墓地でもない。どうしたことかと思案していると、辺菰村の長《おさ》が汗をかきながら姿を見せた。

「坂崎磐音様にございますか」

「いかにもそうだが」

「漁師の雲次さんから、ご家老の若様が墓参りに行かれたと聞き、慌てて上がって参りました」

「相すまぬ」

と答えた磐音は、

「こちらに河出慎之輔、舞、小林琴平三人の墓があると聞いてきたのだが、見当たらぬゆえ困っておる」

「若様。このこと、どなたからお聞きになられましたな」

「乗晋寺の住職じゃが」

と磐音が訝《いぶか》るように答えると、

「道理で、お分かりにならないはずです。ご家老様にお訊きになるのが一番の早道でした」

と答えた。

「父上が」

「先のご家老の宍戸文六様の騒ぎが鎮まった安永三年（一七七四）のことでしたか、突然ご家老様がこの辺菰においでになり、殿様の許しは得てある。埋葬が滞っておる三人の遺骨がある、城が見える地に葬りたい、と申し出られたのでございます」

「父はそれがたれかを説明いたしたのだな」

「はい。明和九年の騒ぎで廃絶した御《お》先手組頭《さきてくみがしら》河出慎之輔様と舞様、納戸頭《なんどがしら》の小林琴平様の遺骨と仰せになりました。河出様と小林様は仔細あって家が廃絶したゆえ、城下の寺には公には葬れぬ。そこで殿様と相談の上、辺菰の地を選んだと仰せになりました」

「慎之輔と琴平は城下に埋葬もされぬ身であったか」

磐音は、あの騒ぎが今も三人の身に重くのしかかっていることを思い知らされた。

「ご家老は、お三方は藩政改革の犠牲者である。とは申せ、城下で肩身が狭い思いをするよりはと、この地を選ばれたのでございます。遺骨埋葬の立会人はご家老様お一人にございました」

「そうか、父がな」

と応じる磐音らを、辺菰の長は墓地からさらに離れた猿多岬の突端に案内していった。

斜面が切り開かれ、自然石の墓石が一つ置かれて、その周辺を秋茜《あきあかね》が飛び交っていた。

墓が見守る先に関前の海と山と城下と白鶴城があった。

墓石に名は刻まれていなかった。だが、正睦の手蹟《しゆせき》で、

この地より　天が住処《すみか》ぞ　永遠《とわ》の春

と刻まれてあった。

磐音ら三人は自然石の墓石を掃除し、持参した菊と酒を供えた。

磬音は心に去来するものがあるのか黙々と動いていた。

掃除を済ませたおこんと辰平は、墓石の前に頭《こうべ》を垂れて合掌した。それが終わると、その場に磬音を残して浜に下りた。亡き友との思い出に独り静かに浸らせたかったからだ。

磬音は半刻《はんとき》（一時間）余り墓前で過ごし、爽やかな顔付きで浜に下りてきた。その磬音の肩の辺りを三匹の秋茜が纏《まと》わりつくように飛んでいた。

四

雲次の漁師船で関前の湊に磬音らが戻り着いたのは、夕暮れ前の刻限だった。すでに入札は終わったか、御馬場から湊界隈には虚脱した様子が漂い、買い付けた荷を船に積み込んでいる他国の商人らもいた。だが、御馬場の奥、関前広小路と繋がる一帯では、江戸から運ばれてきた流行物や珍奇な品の即売が行われているのか、人だかりがしているのが望めた。

「おこんさん、忘れておった。昨夜《ゆうべ》の商人、揺り籠は屋敷に持ってきたか」

あっ、と驚きの声を発したおこんが、

「うっかりそのことをお知らせするのを忘れていました。ちゃんと参りました」

「そうか、よかった」

「照埜様もこのような赤子の家具は見たこともないと言われ、江戸の豪商でも手に入りますまいと大層珍しがっておいででした」

「さもあらん」

「その上、あの商人、仲間の品ですがと断り、桜子様とお市様にお似合いの飾り物を持参いたしました。やはり南蛮渡来の品で、伊太利亜《イタリア》とかいう国で作られた髪飾りと指輪です。高貴な女性の持ち物として細工されていたので、値は安くはなかったのですが購《あがな》っておきました」

「それはよかった。桂川さんと本多様にはおいおい探せばよかろう」

と磐音が答えると辰平が、

「師範に南蛮渡来の飾りものなんて、猫に小判ですからね」

と口を挟んだ。

磐音が苦笑するとおこんが、

「揺り籠は江戸への廻船で送る手続きを照埜様がなさいましたので、夜にもお佐紀様に文を書くつもりです。あれ、船着場に遼次郎様方が」

と途中から話題を転じると船着場に手を振った。

そこには遼次郎と、御小姓組の見習いになったばかりという水田喜八《みずたきはち》が迎えに出ていた。

朝稽古の対決で、喜八も磐音にあっさりと転がされた一人だ。

「どうした」

「坂崎様、おこん様、話が持ちあがったのは今朝のことです。撞木町から須崎町の料理屋はすべて入札の方々で押さえられております。河端町の料理茶屋も藩と御用商人に押さえられ、東様方がなんとかしようとなされましたが、こちらの数が多くて、なかなか適当な場がございません」

「今宵が無理ならば明日に回せばよいではないか」

「いえ、須崎浜の松風屋の二階を空けてもらいました。あそこならば何十人だって詰め込めます」

「その代わり、江戸育ちのおこん様と辰平どのには、関前にはこのような田舎料理しかないのかと笑われそうです」

「喜八どの、酔客の多い撞木町より、この美しい海を望む松風屋のほうがよほどよいぞ。われら中戸道場の門弟には馴染みの店だからな」

松風屋は、須崎浜の網元が潰《つぶ》れたのを船問屋の肥後屋小右衛門《ひごやこえもん》が買い取り、風待ちに立ち寄る船の水夫《かこ》らを相手に始めた、飲み屋を兼ねた食べ物屋だ。手の込んだ料理は求めようもないが、目の前で採れる新鮮な魚と上方下りの上酒が売り物だった。

「坂崎様、中戸先生も皆に付き合うと申されて、仲間がお迎えに上がっております」

「おおっ、それは嬉しい話かな」

舳先が船着場に当たり、辰平が舫《もや》い綱を投げると、遼次郎が両手で受け取った。

「おこんさん、手を」

と磐音がおこんに差し出すとおこんが振り向き、磐音の小袖の肩に目を留めた。

「蜻蛉《とんぼ》がまだ」

「猿多岬から城下までついてきた。慎之輔と琴平、それに舞どのも宴に出たいのであろうか」

おこんが磐音の顔を凝視した。

「信じぬか」

磐音の表情は案外真面目だった。

「いえ、信じます」

おこんの返答に磐音の肩から三匹の秋茜が次々に飛び立ち、浜伝いに松風屋に先行していく風情を見せた。

磐音とおこんは浪間を低く飛ぶ三匹の秋茜を目で追った。

閼伽桶を提げた辰平が船着場に飛び上がり、磐音がおこんを押し上げ、雲次に、

「積年の望みが叶うた」

と頭を下げた。

「若様、余計なことじゃけんど、口を挟ませちょくれ」

「どうした、雲次」

「小林様も、河出様と舞様も、喜んじょるで。あん蜻蛉は確かに三人の生まれ変わりじゃわ」

頷いた磐音は、些少《さしょう》だがと酒手を差し出した。

「お屋敷からすでに船賃は貰うちょるで」

「気持ちじゃ」

雲次の手に握らせると、

「暇の折り、また墓参に付き合うてくれ」

と言い残して船から船着場に飛び移った。

松風屋の二階座敷の窓を開けっぱなしにすると、松林越しに須崎浜と、金波銀波に輝く関前の海、風待湊が広がり、右手には白鶴城の天守が西日を受けて、こちらも黄金色に染まっていた。

「まあ」

おこんが絶景に言葉を失った。

「おこんさん、松風屋の名物はこの景色だけじゃ」

東源之丞が大声で喚《わめ》くのへ、

「おや、東の旦那、今は郡奉行にご出世じゃが、若い頃はだいぶうちん店で好き放題しちょったたね。そん頃のな、しくじり話を江戸の方に一つふたつ披露しちゃろうかねえ」

と松風屋のおかみのおまつが源之丞に応じた。荒くれ者の水夫らを相手にしてきたおまつだ、顔は陽に焼けて肝っ玉も太かった。少々のことには動じない顔付きをしていた。

座敷には三十以上もの膳がすでに並べられている。

おまつは女衆を指揮して膳を運んできたのだ。

「おまつ、昔話はいらん。わしはこれからな、松風屋の食べ物と酒を誉めようと思うちょる」

と源之丞が頭を掻いた。

まだ刻限も早いため、中戸信継の姿も他の参会者の姿もなかった。

「入札は無事終わりましたか」

「終わった。江戸から運んできた荷の粗利計算じゃが、七百両は超えたと支配の伊庭から報告を受けた。やはり二隻体制は儲けも大きいのう」

「祝着至極にございますな」

うーむ
と源之丞が唸《うな》った。

「なんぞ差し障りが生じましたか」

「入札のおよそ三割五分を、中津屋とその関わりの店が落としおった。船が入るごとに中津屋が落とす割合いが増えておる。このままいけば早晩半分を超えることになる。藩物産所を始めたはよいが、われら、中津屋のために命がけで江戸を往復する羽目になるぞ」

「入札は随意が習わしなれば、高値を付けたものが競り落とすのが決まりです。たれにも文句は付けられませぬ」

「いかにもさよう。だがな、他国から関前に商人らが仕入れに来るのは、江戸の品が手頃の値で買えるからだぞ。中津屋のように金力に任せて買い漁《あさ》り、他所《よそ》に回して高値で売るでは、物産事業の明日はない」

困りました、という言葉を磐音は口にしなかった。

関前藩が解決すべき話だからだ。そんな気持ちを知ってか知らずか、源之丞は、

「そなたが関前滞在中に目処をつけたいものよ」

と嘯《うそぶ》いた。

「そなた、我関せずと思うておろうが、そうもいかぬぞ。土橋でのご家老暗殺未遂、話が進展しそうでな」

と源之丞が囁いたとき、松風屋の階下が急に賑やかになった。

中戸信継が到着した様子があって、おこんと磐音も急いで階下に下りた。すると土間に門弟衆が蠢《うごめ》いて、駕籠から降りる信継を迎えていた。

「坂崎」

という声がしてそちらを見ると、磐音や慎之輔や琴平の遊び仲間で、船奉行支

配下の次男坊雷《いかずち》太郎吉《たろきち》が門弟の中から笑いかけていた。むろん太郎吉も中戸門下だ。

「太郎吉、八年ぶりか。どうしておった」

「臼杵藩の下士の家に養子に入り、ただ今は三十俵三人扶持の当主、雷改め田中太郎吉だ」

と苦笑いした。

「懐かしいな」

「おれもそなたと会いたかった。御番ノ辻の戦いも、宍戸文六騒乱の経緯《いきさつ》もすべて承知だ」

磐音は頷き、おこんを幼馴染みの一人に紹介した。

「おおっ、こん女《ひと》がこん界隈で評判の今小町か。関前にも臼杵にもなかなかおらん別嬪《べっぴん》じゃ」

と太郎吉が眩しそうな顔で笑った。

「太郎吉、そなた、婿に入り、口まで上手になったか」

「いや、おれは昔から腹と口は一緒じゃ。昵懇《じっこん》に頼み申そう」

とぺこりと太郎吉が頭を下げた。

おこんも慌てて頭を下げた。

磐音が中戸信継を出迎えた。

「中戸先生まで恐縮にございます」

「磐音、それがしが出てきたは、そなたのためではないぞ。おこんさんに会いたい一心でな」

と信継までが冗談口をたたき、おこんの顔が恥じらいに紅潮した。

「噂風聞の類《たぐい》はおよそ裏切られるのが常じゃが、磐音、それにしてもそなたには勿体ない別嬪じゃ。おこんさん、それがしが中戸信継にござる」

「中戸先生、お目にかかるのを楽しみにして参りました。こんにございます」

信継が差し出す手をおこんが両手で握り返し、

「おこんさん、磐音は江都一の佐々木玲圓先生の養子に決まり、直心影流尚武館道場の後継となるそうな。剣術家の暮らしは大であればあるほど、気苦労も多い。磐音のこと、くれぐれも頼みましたぞ」

と信継の言葉におこんはただ頭を下げて、

「不束《ふつつか》ながら、一心に努めます」

と答えていた。

「皆の衆、店先まで中戸道場の門弟で込み合っちょるけん、早う二階に上がらんかえ」

とおまつに叫ばれ、磐音とおこんが信継を両方から介添えして二階座敷に上がった。

短い時の経過に関前の海は茜色に染まっていた。

信継の左右に磐音とおこんが座らされ、道場の席次に従い、居流れた。なんと朝稽古の面々がほぼ出揃い、またあとで来る者もいるという。

辰平の席も磐音のかたわらに用意されていたが、

「先生をはじめ、お歴々の近くは窮屈です」

とさっさと遼次郎ら若手の集まる下座へと移動した。

撞木町の方角から賑やかなざわめきが聞こえてきた。仕入れを終わった商人や城下の商人たちが飲み食いしているざわめきだろう。

「一同に、一言挨拶申す。坂崎磐音がそれがしの添え状を持ち、江戸に上がったのは明和六年（一七六九）の春、一月十三日のことであった。名目は江戸勤番であったが、実際は佐々木玲圓先生のもとでの剣術修行であった。あれから八年余の歳月が過ぎ去った。関前では何度かにわたる血の騒乱と藩政改革の騒ぎが繰り返され、ようやく落ち着きを取り戻した。その騒ぎに中戸道場の門弟も巻き込まれ、命を失い、藩を去った者も出た。この坂崎磐音もその一人だ」

磐音は驚愕した。中戸信継が、まさか磐音が剣術修行のため関前を出た日のことまで克明に記憶していようとは、考えもしなかったからだ。

「失うた者たちの志は、生き残ったわれらが継承せねば、死者に申し訳が立たぬ。それがしがわざわざ申すべき要もなきことじゃがな。久しぶりに坂崎磐音と顔を合わせたら、日頃胸に溜めておった想いを口にしとうなった。許せ」

一同が師の言葉に黙って低頭した。

「本日は、坂崎磐音が嫁女のおこんさんを連れ戻った祝いの席である。久しぶりに、酒を飲みつつ、談笑しようか。われら、竹刀を交えた者同士に遠慮は要らぬからな」

と挨拶を終え、磐音を振り返った。

「磐音、一言あるか」

「先生のお言葉の一語一語が胸に染みましてございます。それがし、物心ついた折りから、当然のことながら関前藩士として生きる覚悟にございました。その心積もりで佐々木玲圓先生のもとで修行に励みました。思えばなんの疑いも迷いもなき時代でした。それを、藩とわれらの生き方を明和九年の夏の騒ぎが大きく変えました。それもまた運命《さだめ》と受け入れるには幾年《いくとせ》もの歳月が要りました。こたびの帰国はそれがしの気持ちにはっきりと決着をつけることにございます。中戸道場のお仲間と竹刀を交え、さっぱりといたしました。中戸先生のかたわらに座す女性《にょしょう》がおこんにございます。江戸に出て参られた折りには是非神保小路の尚武館佐々木玲圓道場をお訪ねくだされ。われら、終生の友をいつなりとも歓待申し上げます」

磐音が挨拶を終え、おこんとともに頭を下げた。すると東源之丞が、

「おい、歓待と申して、竹刀を振り回すのはごめんだぞ。わしはおこんさんの酌で酒の歓待がよい」

と応じて一座に笑いが起こった。

酒が運ばれてきて、おこんがまず中戸信継の酒器を満たし、続いて源之丞に、

「今後とも宜しくお付き合いのほど、お願い申します」

と酌をした。

「おこんさんに気軽に酌をしてもらえるのも、これが最後かもしれぬな」

「おい、東、おこんどのが嫁女になると、磐音は他人に酌を許さぬのか」

と御番組頭の彦根清兵衛が訊いた。

「彦根様、そうではございませぬ。おこんさんは、坂崎が佐々木家に養子に入るのと同時に、家治様御側御用取次速水左近様の養女に入られ、坂崎と祝言する段取りなのです」

「なにっ、それがしのかたわらのおこんどのは上様御側衆《おそばしゅう》の養女となられるか。それでは今のうちにそれがしにも酌を一つ」

と差し出し、

「その次はそれがしが」

「いや、そなたよりおれが道場の席次は上じゃぞ」

と騒ぎと笑いが同時に巻き起こった。

酒と魚と談笑と瞬く間に一刻（二時間）が過ぎ、中戸信継が退席することになった。

磐音とおこんは松風屋の玄関先まで見送った。遼次郎ら若手連が信継に従うという。

「頼んだぞ」

「承知しました」

と遼次郎ら若手の門弟に辰平が加わり、駕籠を囲んで去っていった。

二階座敷に戻ってみると古手の門弟ばかりが残り、酔った勢いでさらに談論風発していた。

二人がさらに半刻ほど付き合った頃合い、おまつが磐音のかたわらに来て、

「坂崎様、おこん様に乗り物が迎えに来ちょる」

と耳打ちした。

照埜が気を利かして乗り物を迎えに出したようだ。

おこんと目配せして階下に下りた。おまつが見送る体《てい》で、

「おこん様、口に合うたかえ、うちん食べ物は」

と心配げな顔で訊いた。

「おかみ様、どれもこれも美味しゅうございました。それに、皆様のご親切がなによりのご馳走でございました。江戸でのよい思い出となります」

「そんなら一安心じゃわ」

と笑いかけるおまつに、

「本日の勘定の足しにしてくれぬか」

と用意した奉書包みを磐音は差し出した。

「郡奉行さんが、今宵はまかしちょけと胸を叩いちょったが、東源之丞様の安請け合いは関前では有名じゃわ。どげんなるか、心配じゃった。頂戴していいんかえ」

「そのために用意した」

磐音は五両の包みを渡すと、おこんを従え、玄関先を離れて暗がりに待機する乗り物におこんを導いて乗せた。

「待たせたな」

坂崎家の家紋入りの提灯持ちが先導し、浜通りを御馬場に向かった。

新しく入った奉公人か、だれも無口だ。

御馬場はすでに人影もなく、商いから遊興の刻限へと変わって、撞木町の方角からは夜風に乗って酔客のざわめく声が伝わってきた。

乗り物はひたひたと進んだ。

松風屋から御馬場まで十二丁余り、松林の向こうから潮騒の音が響いて、月明かりが海に映じているのが分かった。

朝の早い漁師町はすでに眠りに就いていた。

乗り物が不意に止まった。

「どうしたな」

と磐音が声をかけると、陸尺《ろくしゃく》が乗り物を放り出して松林に逃げ込み、反対に松林から抜刀した十数人が姿を見せた。

「命じもせぬのに屋敷から乗り物とは、訝しいと思うておった」

磐音が乗り物を囲む面々を見た。

家臣ではない。金子で雇われた剣術家と思えた。一団の頭分が松林に残っていた。

「おこんさん、しばし待たれよ」

引き戸が内部から開けられたが、おこんが驚いた様子はない。磐音と一緒にいれば、このような騒ぎは再三のことだからだ。

「参られよ」

磐音が包平《かねひら》の柄《つか》に手をかけたとき、漁師町の路地からばらばらと別の一団が姿を見せた。

「おい、関前城下での怪しげな振る舞い、許さぬぞ」

井筒遼次郎の声だ。その一団の中には辰平もいた。

「先生をお送りいたしたな、遼次郎どの」

「無事道場にお送り申し、松風屋を見張っておりました」

「ご苦労」

遼次郎ら中戸道場の若手も、刺客とほぼ同じ人数が顔を揃えていた。

多勢に無勢で一気に磐音を斃そうと企てていた刺客の気勢が殺《そ》がれた。

「遼次郎どの、お手前方が怪我《けが》をしてもならぬが、相手に深手を負わせてもならぬぞ」

と注意した磐音は、
すらり
と包平を抜いた。

辰平がおこんの乗る乗り物のかたわらを固めた。

刺客の中でも腕利きは磐音の正面にいた。

「参る」

宣告した途端、磐音は疾風《はやて》のように踏み込んでいた。相手は迎え討とうとしたが機先を制され、磐音の存分な踏み込みを受けきれず、太腿《ふともも》を斬り割られてその場に転がった。

さらに横手に飛び、二人を制した。

ぱあっ
と一旦、磐音は戦いの場から身を退《ひ》いた。

遼次郎らが勢いに乗じ、

「叩きのめして領外に放逐するぞ！」

と一斉に襲いかかろうとすると、松林の中から退却を告げる口笛の音が響いてきた。

「追うでない」

磐音が注意し、別の影が刺客の後を追っていった。

関前藩目付の密偵だ。

「おこんさん、戻ろうか」

乗り物を捨て草履を履いたおこんを伴い、磐音が歩き出すと、活躍の場がなくて残念といった趣の遼次郎らが磐音とおこんの後にぞろぞろと従った。

第四章　長羽織の紐

一

仲秋から晩秋に移り、長閑《のどか》な日々がゆるやかに流れていった。季節の深まりとともに、朝晩にはやがて訪れる冬の寒さが感じられた。

豊後関前城下では秋商売の御用船の取引が終わり、急に静けさを取り戻した。ために磐音とおこんの関前逗留もすっかり落ち着き、江戸とは違う時の流れに身を委ねた暮らしになっていた。そんな中でただ一つ着々と進むのが、磐音とおこんの仮祝言の仕度だった。

正睦も照埜も江戸を慮《おもんぱか》り、内々の祝言にするつもりでいた。

そんなある日の夕暮れ前、東源之丞を伴い、城を下がってきた正睦が、源之丞

に祝言の話をすると、

「ご家老、それはお考え違いですぞ。苟《いやしく》も関前六万石の国家老の嫡男が、仮とは申せ、祝言を挙げるのです。それなりの威厳と格式を整え、家中にお披露目《ひろめ》をいたすべきです。これは祝事ですからな」

と普段は形式に囚《とら》われないはずの源之丞が言い張った。

関前藩には家中の者の婚姻について度々お触れが出ていた。

「婚礼や葬儀に当たって、振舞、寄合《よりあい》は軽微を旨とせよ」

というものだ。

延宝《えんぽう》元年（一六七三）に『諸士嫁取之式法』といった触れも出ていた。その中に「覚え」として、
一、祝言をすすめる際は、肝煎《きもいり》（世話人）の者が双方出て相談してすすめるようにする事。
一、謂入《いいい》れ（申し込み）の時は樽《たる》一荷、肴《さかな》一種、呉服代銀一枚の事。
一、一族の者は祝儀見舞をせよ。近辺の者の見舞は心次第に止めよ。人数が大勢になったならば、気兼ね遠慮を避けるために料理は一汁三菜の事。
一、乗物に従う者は肝煎の者一人、親類の内一人合わせて二人までの事。

一、三つ目婿入り（婚礼から三日目の祝い）の折、太刀《たち》、目録、銀、馬代の白銀一枚或いは二百疋《ぴき》の事。

などという事細かい決まりごとが通達されていた。裏返せば、質素な祝儀不祝《ぶ》儀が守られぬゆえに、藩庁として通達を出さざるを得なかった証《あかし》ともいえた。

「ご家老、確かにおこんさんは江戸の住人ゆえ、格式を整えるのは大変かもしれませぬ。されど、この春祝言を挙げた佐敷番頭《さじきばんがしら》の入江《いりえ》家と使番《つかいばん》の二田《ふただ》家の祝言では、女中御乗り物から始まり、挟箱《はさみばこ》、衣桁《いこう》、蒔絵《まきえ》重箱、銘々盆、御定椀、御前椀、朱塗長持、御薙刀《なぎなた》、御櫛台《くしだい》、鏡立、八寸鏡、鏡家、差樽《さしだる》、尺六寸肴台、二番提灯、高提灯、銚子《ちょうし》箱入、葛籠《つづら》、丸行灯《まるあんどん》、杉白木長持、う–ん、あとはなんであったか、ご婚礼道具を三十数品目揃えて、出席者は百人を超える式を執り行いましたぞ。家格三百石高がそうでございます、ご家老の嫡男が……」

「もうよい、源之丞。そなたに相談するのではなかったわ」

正睦がうんざりした顔で言い、源之丞の話を止めた。

「よいか、磐音は確かにわが坂崎家の嫡男じゃが、すでに何年も前に藩を離れておる。おこんさんも関前藩に関わりなき女性《にょしょう》じゃ。江戸の方々のご厚意を受けて、われらが催すことを許された仮祝言ゆえ、簡素でよい」

「ご家老、簡素と申されますと、肝煎は」

「なし」

「まさか招客は」

「なし」

「はあっ」

と源之丞の太った尻が両足の間にぺたりと落ちた。両の肩もがっくりと下がった。

「力が抜け申した」

「源之丞、そなたの気持ちも分からぬではない。だが、井筒家の者を呼んで内々に催す」

と正睦が宣告した。

同席していた磐音とおこんは、笑いを堪《こら》えるのに必死だった。

「それでよいな、磐音、おこんさん」

「われら、江戸を出る折り、仮とは申せ、関前で祝言が挙げられるなど夢想もしておりませんでした。思いがけなくも今津屋お佐紀どののご厚意からかような仕儀に至り、そのことだけで感激にございます」

磐音の言葉におこんも頷く。

「坂崎家と井筒家の他、親戚もなしですか」

と源之丞は改めて訊いた。

「なしでよい。井筒家は伊代が嫁に行った先、さらには遼次郎を坂崎家に養子に迎える次第からいうても招かぬわけにはいくまい。源之丞、かたちに拘《こだわ》ることなく、二人が偕老同穴《かいろうどうけつ》の契りを結ぶ式になればそれでよい」

正睦は源之丞に、遼次郎が養子入りを承諾した件を打ち明けたようだった。

ふうーっ
と息を吐いた東源之丞が、

「ご家老！」

と叫んだ。

「なんだ」

「それがしも祝言の場に出ることは叶いませぬか」

「そなたのう」

思案に余ったという顔で磐音を正睦が見た。

「父上、かように内情まで承知なされた東様を招かぬというわけにもいきますまい。家中を代表して東様お一人をお呼びするということでは、いかがでございますか」

「源之丞を省くと、こやつ、なにを仕出かすか分からんでのう」

と呟いた正睦が口調を改め、

「東源之丞、そなたを招く。ただし約定した上でのことじゃ」

「なんでございますな、ご家老」

源之丞が尻を落としたまま上目遣いに正睦を見た。

「祝儀はなし」

「はああ」

「約定できるか」

「致し方ございませぬ」

「磐音とおこんさんの祝言は坂崎家内々のことゆえ、他言無用。そなたが他所で一言でも喋《しゃべ》った暁には、家臣同士での付き合いは致し方ないにしても、私事の交際は、今後わしが生きておるうちは絶つ。屋敷への出入りも許さぬ。さよう心得よ」

しばし瞑想《めいそう》していた源之丞の尻が足の上に戻り、姿勢を正して、

「承知つかまつりました」

と頭を下げて請《う》け合った。

「父上、ならばいつがよろしいでしょう」

「藩物産所の入札もひと区切りついた折りだ。明日というわけにいくまいが、明後日の夕刻ではどうだ」

正睦が磐音を見た。

「おこんさん、どうじゃ」

「私ならいつ何時《なんどき》でも」

「ならば明後日夕暮れ時に井筒家を呼ぼう。だが、くれぐれも祝言という格好で参るなよ、源之丞」

「ご家老、普段着のままに参ります」

「それでよい」

おこんが座敷から台所に向かった。酒の刻限と思ったからだ。

座敷に正睦、源之丞、磐音の三人だけになった。

「ご家老、ご報告が」

源之丞が正睦に従ってきたのは、このことがあったからのようだ。

「九十九川に架かる土橋でご家老の暗殺を企てた刺客のうち二人を、臼杵道の国《くに》境《ざかい》付近で目付が捕らえましてございます」

　正睦が険しい視線を源之丞に向けた。

「あの折り、磐音どのが三人を斬り伏せ、九十九川に転落させたそうにございますな。一人は九十九川の奔流に押し流され、関前の沖で溺死《できし》しているのが発見されました。今朝方のことです。傷は肩口に負うておりました。これも目付が内々に処置してございます」

　磐音が三人目に対決した相手だ。

「残りの二人ですが、臼杵道の国境の関所を避けて山道を抜け出ようとしたところを園田七郎助配下の者が召し捕りました。二人とも腹部に深さ一寸余、長さ五、六寸の斬り傷を負い、素人《しろうと》治療の痕《あと》がございました。晒《さら》しできりりと巻いて、すでに出血も止まっております。命に別状はございません」

　磐音は三人の刺客に致命傷を負わせた覚えはなかった。

「二人の身柄は稲城村の庄屋の蔵に幽閉し、園田自ら尋問いたしておりますが、まだ始めたばかりで口を割らぬとの知らせがございました」

「まあ、金子で雇われた者であろう。大したことは知らされておるまい」

正睦があまり期待はできまいという口調で応じた。

「家中の動静は知らされておりますまいが、諸星道場につながる話でも聞ければと思うております」

うーむ
と唸った正睦が、

「源之丞、本日、中津屋が面会を求めてきおった」

「聞いております」

「入札が無事に終わった祝いと礼を申し述べるという理由でな、わしに面会を求めおったのだ」

「なんぞ申しましたか」

「中津屋は入札がうまくいったと満足の様子であった。その上で、次の御用船はいつになるかと訊きおった」

上方まで内海を往来する船便は秋から冬にかけても航行できた。だが、紀州灘《きしゆうなだ》、遠州灘《えんしゆう》、駿河灘《するが》、相模灘《さがみ》を通過する外海は荒れる季節を迎える。春先まで江戸往来の御用船は休ませるしかない。それが関前藩の基本方針だ。

「次は春明けと重々承知の筈《はず》ではございませんか」

「そこだ。中津屋が申すには、もう一度年内に江戸を往復できないかという強引な相談でな」

「御用商人風情が藩物産所の方針にまで口出しいたしますか。ご家老、危険な冬の海に御用船を走らせることはできませんぞ。無理をすると大事な人材を失い、折角好転した藩財政にも響きます」

「江戸で評判の豊後椎茸の冬茹《どんこ》を中津屋らは藩内外からすでに千石船を仕立てるほどは買い集めてあると申すのだ」

「近頃、椎茸栽培をする百姓がなかなか品を藩物産所に出してくれぬと、伊庭が首を捻っておりましたが、中津屋一統が前もって買い集めておりましたか」

源之丞が得心したように吐き捨てた。

「中津屋が申すには、藩物産所のお墨付きさえいただければ、弁才船《べざいせん》もこちらで傭船《ようせん》し、江戸に向かわせる。航海途中の海難などはすべて責めを負うとな。その代わり、江戸での受け入れ先を使わせてほしいとのことじゃ」

「勝手なことをほざきおって」

「まあ、最後まで話を聞け、源之丞。中津屋は江戸往来で上がる儲けの三割を藩物産所に納める、それが豊後関前の藩旗を掲げての商いの利益と申しておる」

「ご家老、一喝なされましたでしょうな」

「源之丞、中津屋に一万六千両の借財があることを忘れたか。あやつ、最初から藩の物産事業を乗っ取るつもりで、この数年、お膳立てしておったのじゃ」

「くそったれめが！」

源之丞が罵《ののし》り声を上げた。

「源之丞、落ち着け」

「ご家老、ようやく軌道に乗り始めた藩物産事業を、商人《あきんど》一人に乗っ取られてたまるものですか。ここまでくるには多くの血の犠牲がございました」

「分かっておる」

正睦はなにか胸中に考えることがあるのか、そう言った。

「あやつ、浜奉行の山瀬金大夫のこともなんぞ申しましたか」

「山瀬に藩物産所取締方を任せる話か」

「これも胸糞《むなくそ》悪い話です」

「あっさりと取り下げおった」

「取り下げた」

源之丞が正睦を見た。

「中津屋が申すには、いくらなんでも下士身分の浜奉行をいきなり取締方では、家中に波風を起こす因《もと》と覚りました、迂闊《うかつ》にも差し出がましいことでしたと詫びおった」

「ほう、ようやく傲慢《ごうまん》無礼な申し出に気付きましたか」

「先があるのだ、源之丞。面白きことを言いおったぞ」

ふーむ

という表情で源之丞が正睦を直視した。

「半年ほど前、江戸勤番を解かれ、関前に戻ってきた寄合伊澤義忠《いざわよしただ》の名を持ち出した」

「伊澤様ですか」

磐音も、江戸藩邸に勤める伊澤を承知していた。だが、実に地味な印象しか持ち合わせていなかった。よくも悪くも目立つ人物ではなかった。

伊澤家は昔の坂崎家と同じく外堀屋敷町にあって、禄高は五百石であったはずだ。

「伊澤様は江戸勤番で御勝手役を無事務め上げられ、国許では役職に就くのを待機しておられるとか。あのように有能なお方を寄合という無役においておかれるのは勿体のうございます。ご家老、この際、伊澤様を是非ご家老の片腕として、取締方に推挙しとうございますと、馬鹿丁寧な申し入れじゃ」

御勝手役は関前藩では奥向きの雑用をこなす役職の一つで、納戸頭らを掌握した。だが、伊澤の地味な性格もあって、無用の長物と化していた。

「驚きました」

と源之丞が呟き、しばし沈黙して考えた。

「中津屋、考えましたな。藩物産所の取締方に最初に名を上げた山瀬金大夫はただの見せ札。本命は伊澤様でしたか」

と唸った源之丞が、

「磐音どの、そなた、伊澤を覚えておろうな」

「なにを考えておいでか、よく分からぬ人物とお見受けいたしました」

「あの仁、確かに肚でなにを考えておるのか、はたまた考えていないのか、見当がつかぬ人物ではある」

正睦もどう対処していいか迷っている風があった。さらに、

「確かに江戸勤番を永年務めて国許に戻ってきたゆえ、適職がなにかないかと人物を見ておったが、中津屋と手を結びおったか」

と感嘆してみせた。

「ご家老、これで中津屋の筋書きも、家中の中津屋派も見えてきたのではございませぬか。却《かえ》ってやり易い」

と源之丞が肚を括ったように言い切った。

「『宍戸文六騒乱』『利高もの狂い』と、国許と江戸、二つの騒ぎを乗り切ったと思うたら、またぞろ腹黒い蛆虫《うじむし》どもが姿を見せおった。ご家老、町奉行の榊どの、目付頭の園田らと早急に連携を取り、中津屋、伊澤、山瀬、さらには諸星道場の動きを把握し、小さき違反でもあればびしびしと取り締まりを強化いたします」

と言い切った。

廊下に足音がして、膳が運ばれてきた。

藩政の話題はそれで封じられた。

正睦は酒席で政事や公事《くじ》を話すことを嫌っていた。酒が入るとどうしても判断が狂い、話が大きくなったりする懸念があったからだ。

酒を酌み交わしながら、一刻半《いっときはん》（三時間）ほど四方山《よもやま》話をして時を過ごした源之丞は、五つ半（午後九時）前、待たせていた若党小者《こもの》を従えて西の丸の坂崎邸を出ると、大手門を潜り大手橋を渡って、広小路御南町の屋敷へと戻っていった。

磐音は門前まで見送り、老爺《ろうや》の佐平に訊いた。

「辰平どのは夜廻りに参加しておるか」

「遼次郎様方と楽しそうに過ごしておられます」

「ならばよい」

磐音は一度辰平と二人だけで話をしなければなるまいと考えていた。辰平の胸中が未だ判然としなかったからだ。

磐音、おこんとともに江戸に戻るのか、一人廻国の武者修行に出るのか、確かめたいと思っていた。

奥座敷に戻ると離れ屋に灯りが点って障子に人影が映り、動いていた。

磐音は渡り廊下を渡った。すると照埜とおこんが祝言の衣装の手入れをしていた。

「母上、遅くまでご苦労にございます」

「船中、長持ちに入れられてついた皺はなんとか取れました。おこんさんから祝言は明後日と聞きました。こちらは大丈夫ですよ」

「坂崎家がおこんさんを入れて四人、井筒家が五人、それに東源之丞様が参列なされてちょうど十人です。料理などはどういたしますか」

「仕出し屋に注文を出せば、なにかと厄介になるやもしれませぬ。十人前ならば、うちで調えましょう。あとは漁師の雲次に豊後水道の大鯛《おおだい》を釣ってくれるよう頼んでおけば、すべて仕度は整います」

「ならば明朝にも雲次の家に頼んでおきます」

「そなたがしてくださるか」

と答えた照埜が、

「祝言の場はこちらでよいでしょう」

と離れ屋を見回し、

「明日、掃除をいたしましょうかな」

とおこんに言いかけた。


磐音とおこんが客間に引き上げた直後、廊下を走る足音が響いた。

磐音は刀架の包平《かねひら》を摑むと障子を引き開けた。

血相を変えた坂崎家の用人水城秀太郎が走ってきた。

「秀太郎、何事か」

「東様が、東源之丞様が鍵曲がり小路で襲われなさったそうにございます」

「なにっ」

さすがに磐音も驚いた。

「怪我の具合はどうか」

「仔細は未だ」

「父上にお知らせいたせ」

磐音が座敷に戻ると、おこんが刀架の脇差を両手に抱えて差し出した。

「今宵は戻れぬやもしれぬ」

磐音はおこんに言い残すと、玄関先に向かった。

二

郡奉行の東源之丞は、目付屋敷近くに外科医の看板を上げる長崎帰りの白土葉《しらとよう》之助《のすけ》の診療所に担ぎ込まれていた。

坂崎家に急を告げたのは、見廻り最中の若衆組の一人、御小姓組剣持左近だ。

磐音は左近に案内されて白土の門を潜ると、玄関前に遼次郎らが不安そうな顔で集まっていた。

「どうだ、東様の容態は」

「ただ今、手術が行われている最中です」

遼次郎が顔を引き攣《つ》らせて答えた。

「事情を申せ」

「われらがいつもの如《ごと》く堀の内界隈を夜廻りしておりますと、鍵曲がり小路の方角から、何者か、と誰何《すいか》なされる東様の大声が響いてきました。また若党の声で、お出会えなされ、不逞の者どもが郡奉行を襲うております、という叫び声が続いて、われらは鍵曲がり小路へと走り込みました。すると疎水に倒れた東様に止《とど》めを刺さんとする剣術家風の男が剣を振りかぶっておりました。われらはすぐに応戦の構えで襲いかかりながら、若衆夜廻り組だ、手を引け！　と怒鳴りました。すると剣を振りかぶっていた男が、走り寄るわれらをちらりと確かめ、仲間とともに鍵曲がり小路から御馬場の方角へと逃げ去りました。われらは東様を疎水から引き上げる組と刺客を追う組の二手に分かれました」

遼次郎の説明は手際がよかった。頷く磐音に遼次郎が、

「鍵曲がり小路の暗がりに潜んでいた刺客がいきなり東様を襲ったとか。不意を衝《つ》かれた一撃で東様は胸部下を刺し貫かれ、深手を負われております。それでも

気丈に相手の羽織を摑み、応戦する構えを見せられたようですが、相手が東様の体に足をかけて、胸を刺した剣を抜いたので、土塀下の疎水に転がり落ちたのです。それが二撃目を遅らせたともいえます。とにかく止めだけは阻止できました」

遼次郎がさらに源之丞の暗殺未遂騒動の経緯《いきさつ》を語った。

「われらが東様を抱えてこちらに運び込みましたが、出血が酷《ひど》くてぽたぽた滴《したた》り落ちておりました」

と不安に満ちた梅津一太郎が、未だ血に塗《まみ》れた両手に目を落とした。

「刺客を追うた組はいかがした」

「御馬場に逃れた連中は南に走り、再び堀の内の屋敷町の小曲がり小路に入り込み、追っ手がさらに間を詰めようとすると、下忍が遣う目潰《めつぶ》しを追っ手に向かって何発も投げ、唐辛子を混ぜた粉に追っ手がむせた隙に逃げ去ったそうにございます」

「坂崎様、失態でした」

剣持左近は追っ手組であったか、無念そうに言った。

「そなたらはようやった」

式台に人の気配がして、目付頭の園田七郎助が姿を見せ、磐音に目配せした。

磐音は腰から包平を抜くと玄関から上がった。七郎助は灯りが煌々《こうこう》と点る診療室への廊下の奥に磐音を招き、

「深手でございまして、白土先生方が必死で血止めをしておられます」

「命に別状がござろうか」

「白土先生方の険しい表情を見ると厳しゅうございます。なにしろ出血が……」

と七郎助が答えると、懐《ふところ》から焦げ茶の羽織紐《ひも》を出して見せた。輪違いに結んであったものが、解《ほど》けかかっていた。

「東様が必死に千切り取られた羽織の紐にございます」

そのせいで、結んであった両の紐が解けかかったか。

「新町筋の道場に客分格でこの一年余り住み込んでいる東国浪人市場《いちば》栄左衛門《えいざえもん》と申す者が、長羽織の輪違いの羽織紐を得意げにしておりましてな、それが焦げ茶にございます」

「手配はなされたか」

「配下の者に諸星道場を見張らせております」

磐音は七郎助に頷き返した。

ゆるゆると時が過ぎていく。

磐音らはじっと耐えて待つしかない。

東家からも坂崎家からも使いが来て、東源之丞の様子を問い合わせてきた。その都度、七郎助は遼次郎らを二人一組にして説明に走らせた。使いが襲われることを懸念したからだ。

城下じゅうが慌ただしく走り回っている感があった。

緊迫の夜が明けた。

手術をする診療所の灯りが消され、障子が開けられ、まだ若い青年医師が口覆いを取りながら廊下に姿を見せた。

「白土先生、容態は」

七郎助が声を潜めて訊いた。

「やるべき手はすべてうちました。出血が酷いので東様の体力が持ち堪《こた》えてくれるかどうか。恐ろしく腕力の強い者と見えて、東様の厚い胸を突き通す力は尋常ではございません。心臓を避けられたのが不幸中の幸いでした」

白土が答え、

「危篤状態と申してよいでしょう。今日が山です」

と言い添えた。

「白土先生、それがし、坂崎正睦の嫡男磐音と申します。東様とは昵懇の間柄、一目でもお目にかかれましょうか」

磐音が願った。

「長居はご遠慮ください」

白土は七郎助と磐音に面会を許した。

東源之丞は診療台の上に胸部から腹部を白布でぐるぐる巻きにされ、横たわっていた。土気色に変わった顔は相貌《そうぼう》が一変していた。つい数刻前までの源之丞のそれではなかった。弱々しい息遣いが源之丞の生きているただ一つの証《あかし》だった。解《ほつ》れた髷《まげ》に白髪が混じっているのが朝の光で見え、それが源之丞を一夜にして老人に変えていた。

「許せぬ」

と七郎助が吐き捨てた。

「われら、最善を尽くしました。あとは神仏に願うしか手は残されておりません」

白土が言い、二人を診療室の外へと出した。

二人が玄関先に出ると、町奉行榊兵衛、御旗奉行井筒源太郎ら、藩の中堅幹部らの不安そうな姿があった。

七郎助が白土から聞き知った東源之丞の手術の経緯とただ今の状態を告げた。

「なんということが」

榊が呻くように言った。

「園田どの、急ぎ相談が」

と町奉行が目付頭に言った。

藩の治安を守る二人の頭分が頷き合った。そして、七郎助が、

「坂崎様、われらに同道を」

と目付屋敷に誘った。

もはや藩を離れた人間との言い訳は通用しなかった。

藩政改革最中の関前藩に再び危難がのしかかっていた。なんとしても取り除くことが磐音の使命だった。それが関前藩の、福坂実高の心に適《かな》うことだった。

磐音は頷くと、

「暫時《ざんじ》待たれよ」

と断り、源太郎を庭の隅へ招いた。

「源太郎どの、父に言伝《ことづて》を願いたい。東源之丞様を暗殺しようとした一統は先の夜、父を亡き者にしようとした連中と間違いなく同じと思える。榊様、園田様と相談の上、早急に刺客探索に加わることになろうかと思う。騒ぎが解決するまで祝言を先に延ばしていただきたいとな」

「義兄上、承知しました」

「源太郎どの、城中の行き戻り、父の警護を頼む」

「今後、それがしが昼夜を問わず義父上に同道いたします。遼次郎らが組織した若衆夜廻り組をさらに強化して、城下の警護に当たらせます」

「頼んだぞ」

磐音と七郎助、榊兵衛は、白土診療所近くの目付屋敷の門を潜り、七郎助の御用部屋に通された。

火鉢の上の鉄瓶《てつびん》がしゅんしゅんと音を立てていた。

「もはやのんべんだらりとしておられぬ」

七郎助が口火を切った。

「園田どの、東様を暗殺しようとしたのはたれの差し金か」

「黒幕は中津屋文蔵に間違いなかろう。猫を被っていた男が正体を見せたのよ。

藩に立て替えた一万六千両の借財を楯《たて》に藩物産事業の実権を握ろうと企てておることは、これまでの諸々の行動から明白じゃ。だが、ご家老が頑としてお聞き入れにならず、日田金《ひたがね》を借り入れて返済を計画しておると知り、早々に動き出したものと思える。諸星道場を拠点に刺客団を組織し、先にはご家老暗殺を、こたびはご家老の腹心の東源之丞様に手を出したということであろう」

と言い切った七郎助が、懐から焦げ茶色の羽織の紐を出して町奉行の榊に説明した。

磐音は父が日田金を借用して、中津屋に返済しようと考えていたかと、七郎助の言葉で知った。

「刺客が残した羽織の紐か」

「諸星道場の客分市場栄左衛門はぞろりとした長羽織を得意げに着て、いつも輪違い結びの紐に手をかけておりました」

「あやつのものか」

「そうとは未だ言い切れませぬが、あやつの長羽織を調べればすぐに分かることにござる。東様が命を懸けて相手から奪い取った証《あかし》の品をなんとしても生かしたい」

榊も磐音も頷いた。

「また市場なる客分、電撃の突きが得意技とか。道場でもしばしば披露し、撞木町界隈でも、酒に酔うてはたれにも受けられぬと自慢していたそうではござらぬか」

「いかにもさよう。あやつ、尻尾《しっぽ》を出しおったか」

と答えた榊兵衛が、

「坂崎様、園田どの、先ほどから、なぜ急に敵方の動きが慌ただしくなったかを考えておりましたが、思い当たりましたぞ。本日、園田どのは、稲城村の庄屋の蔵に押し込めておる刺客二人を尋問なされましたな。そして、城下がり直前の東様と園田どのの配下の者が城中で面会なされた。さらに東様は城下がりの途次、ご家老の一行に追いつき、ご家老にご報告なさるために坂崎家に立ち寄られた。中津屋一味は、先のご家老暗殺未遂からなんぞ洩れると考えたのではござらぬか」

「稲城村行きに敵方の密偵が従うていたとは思えぬが、中津屋一味も必死だ。どこでどう見張っていたか知らぬゆえ、その懸念もござろう。いかにもそれがしの行動とこたびの東様襲撃は連動しておるやもしれぬ」

「お待ちください」

と磐音が口を挟んだ。

「それがし、東様が父に稲城村の二人のことを報告する場に居合わせましたが、稲城村の庄屋の蔵に移したというだけで、さほど具体的な内容はございませんでしたぞ」

それを聞いた園田七郎助が、
にたり
と不敵に笑った。

「城中には中津屋の意を汲んだ連中がおりますでな、なかなかほんとうのことは申せませぬ。それがし、東様には未だおよその報告しかしておりませぬ。また、国境で捕まえた二人はもはや稲城村にはおりませぬ。別の場所に密かに移しました。中津屋一味が、あの二人がわれらの手にあることを摑んだら、口を封じられるやもしれませぬからな」

「園田氏、よき考えにござった」

と榊が七郎助の取った処置を誉めた。

「坂崎様が浅手を負わせた二人は、讃岐《さぬき》浪人片山文吾《かたやまぶんご》、もう一人は摂津浪人の笹《ささ》村馬太郎《むらうまたろう》と申し、金子で雇われた刺客にございました。ゆえに暗殺する相手が関前藩の国家老と知ったのは、九十九川の土橋であったと申しております」

　園田七郎助が新たな事実を二人に告げた。

「坂崎様に斬られて九十九川の流れに落ち溺死した塚口徳衛《つかぐちとくえ》と笹村ら三人は、筑前福岡城下でこの仕事を請け負うたそうにございます。人ひとり仕留めて五十両、の約定だったそうな」

「父の命が五十両ですか」

「なんとも腹立たしいことよ」

　磐音と七郎助が言い合った。

「たれが三人に面接し、決めたのですか」

「坂崎様、そこです。ひと月ほど前、三人は福岡で草鞋銭《わらじせん》稼ぎに道場破りをしたそうです。その直後に恰幅《かっぷく》のよい武家が話しかけてきた。磯部久右衛門《いそべきゅうえもん》と名乗った武家とは初めて会うたそうです。笹村らはこの磯部から関前までの路銀を貰《もろ》うて、城下に到着したのです。ご家老の暗殺をしかける二日前と申しております。次なる指令は旅籠《はたご》町の木賃宿に届く約束でした。そんな最中、笹村馬太郎は城下をふらつき、偶然にも新町筋の諸星道場を格子窓の外から眺めて、磯部久右衛門の姿を認めたのです。だが、諸星道場では磯部の名は違うておりました」

「ほう、なんという名でしたかな」

榊兵衛がなんとなく推測が付いたという表情で訊き、七郎助が、

「道場主の諸星自身であったそうな。笹村自身は他の仲間にそのことを話さなかった。おそらく、強請《ゆす》りのタネにとっておいたのでござろう」

と答えた。

三人はしばし思い思いに沈思した。

「父上の暗殺が失敗に終わり、流れに落ちた三人はどう行動したのですか」

と磐音が訊いた。

「笹村と片山は、土橋下の数丁先でなんとか土手に這い上がることができた。だが、頭分の塚口は流れに押し流されて行方を絶った。その姿を求め探すうちに段々と、身の危険が迫っていることに二人は気付かされたのだそうです。笹村はとうとう我慢しきれずに、博多で会った人物が関前城下の道場主と同一人物であることを片山に告げると、片山もわれらが襲ったのは関前藩国家老というぞ、どうしたものかと身の危険を口にした。不安のうちに城外れの破れ家で数晩を過ごしたのち、二人は関前城下を離れる決心をした。夜の臼杵道を北へと走り、国境

に至ったところでわが配下に捕縛《ほばく》されたというわけです」

「父上の暗殺を実行する刺客を博多で雇うた人物が諸星とすると、二人が取った判断は正しかったようですね。失敗した二人は始末されても不思議ではない」

「命だけは助かったのですからな」

と榊が磐音の考えに賛同した。

「二人はこちらの持ち札として使えよう。だが、決め手には乏しいと思うております。なにしろ諸星が知らぬ存ぜぬで押し通せば、たがいが水を掛け合うことになる」

と園田七郎助が話を先に進めた。

「園田どの、東様の暗殺を実行したのが諸星道場の客分市場栄左衛門という確たる証《あかし》が欲しいのう」

「いかにも」

と榊に答えた七郎助が、

「それに中津屋が関わっているという裏付けが摑めるとさらによいが」

と言い出した。

「園田様、榊様、この者たちが会合を催す場はどこにございますな」

「宍戸文六が造作した浜屋敷を坂崎様はご存じあるまい」

「寺町外れに突き出した岩場、龍の洗濯場に建っておるのは承知です。だが、内部は知りません」

磐音の答えに七郎助が頷き、

「それをどういう手蔓《てづる》でか、中津屋が別宅として買い入れ、新たに手を加えて妾《めかけ》のお麻季《まき》を住まわせているのでござる。一統が内密に顔を合わせるとき、必ずこの浜屋敷であることはわれらも摑んでおります」

「そのとき、呼ばれる顔ぶれはたれですか」

「主が中津屋文蔵、客として浜奉行の山瀬金大夫、道場主の諸星十兵衛、そして、物産所配下の棚橋彦馬《たなはしひこま》、市川理之吉《いちかわりのきち》、この二人は小者《こもの》です。まあ、こちらが泳がせておる人物と思うてください」

「寄合の伊澤義忠様が、その集まりに出られたことはございませぬか」

二人が、
ふーむ
という表情で磐音を見た。

「いえ、中津屋が父上に、山瀬金大夫どのに代わり、物産所取締方として新たに推挙してきたそうです。東様はこちらが本命であったかと得心なされて、屋敷を出られたばかりのところを襲撃されました」

「いよいよ藩中の大物が姿を見せましたか」

「伊澤どのは、家格は高いが人物がちと暗うございますな」

と七郎助が言い、磐音が、

「なんぞこの者たちを一堂に会させる手立てはございませぬかな」

と訊いた。

「物産所の入札が無事に終わったばかり、大半の者を呼び寄せる名目は付こうが、中津屋文蔵と道場主の諸星十兵衛はどうしたものか。下手《へた》な名目ならばすぐに怪しまれるでな」

七郎助が首を捻った。

「お待ちください。中津屋が昨日、この年の内に冬茹を千石船に載せて、藩御用船として商いをさせてほしいと父上に申し込んだそうです。ひょっとしたらこれを理由に父が浜屋敷に出向くと、顔ぶれが揃うやもしれません」

「ほう」

磐音が沈思し、二人がその考えを聞こうと顔を覗き込んだ。

三

東源之丞は危篤状態に陥ったまま、なんとか細い命の綱を保っていた。それは源之丞の執念ともいえた。

騒ぎから七日、八日と過ぎた。

だが、その昼の刻限に白土診療所には東の身内が呼ばれ、その昼下がりには国家老坂崎正睦の乗り物が門前に横付けされ、沈痛な表情の正睦が門内に消えた。

一刻（二時間）以上も源之丞の枕頭を見舞った正睦は、源之丞の内儀の淡路《あわじ》に見送られて、一段と険しい表情で大手門内の屋敷へと戻っていった。

それから半刻（一時間）もしたか、白土診療所から、

「ああぁっ」

という女の悲鳴が響き渡り、押し殺したような泣き声が続いた。

そのとき、白土診療所で秋を告げていた虫が、

ぴたり

と鳴き声を止めた。

白土診療所から若侍が東の屋敷へ、目付屋敷へ、さらには大手門の方角に走り出て、再び診療所の人の出入りが激しくなった。だが、源之丞に会えたのは限られた者だけだった。

門前に集まった人々は、再び国家老正睦が駆け付けた事態によって、郡奉行東源之丞の、

「死」

を認識させられた。

半刻後、姿を見せた正睦が蹌踉《そうろう》と乗り物に乗り込む姿に、

「やはり東様は身罷《みまか》られたか」

「ご家老のお力落としが察せられるわ」

「源之丞様は豪放磊落《らいらく》、至って私利私欲の薄い方であった。関前藩のためにももう少し長生きをしてもらいたかったのう」

「それにしてもたれが東様を暗殺した」

「大きな声では申せぬが、新町筋の手の者が動いたというではないか」

諸星道場と遠回しに名指す声が続き、

「中津屋が力を増すのか」

「宍戸文六様の賂《まいない》横行時代に逆戻りか」

「正睦様がお元気ゆえ、まずそうはなるまい」

「だが、藩は中津屋に借財して首根っこを摑まれているというぞ」

「それはそうだが」

一旦、診療所前の会話が途切れた。

御番組頭の彦根清兵衛の駕籠が門前に到着したからだ。だが、彦根が門内に姿を消すと、見物の衆の噂話が再開された。

「折りしも嫡男の磐音どのも帰国されておられる。ご家老の力強いお味方になろう」

「磐音どのは関前藩士ではないぞ」

「おぬし、そう思うか」

「そろそろ江戸に戻られるという噂も飛んでおる」

「いや、御用船で関前入りされた事実一つとっても、殿の信頼なくしてはできぬ相談だ。それがし、坂崎磐音どのは関前藩の影目付のようなお役目とみた。女連れで関前を訪れたことからして、正体を知られぬ策とみた。実に怪しい」

「ともあれ東様の死はご家老の痛手だ」

「明日にも総登城の触れ太鼓が鳴らされような」

「間違いあるまい」

そんな勝手な噂に聞き耳を立てている者がいた。そんな人間が一人、また一人と門前から姿を消し、関前広小路北角の中津屋の裏口に消えた。

針の先で突けば、ぱちんと音を立てて破れそうな緊迫の時が流れて、まず藩に慌ただしい動きがあった。

関前城下から他藩へ抜ける道は、まず北に向かう臼杵道、さらには南下する日向道、そして、三つ目が阿蘇越えと称する山道で、うねうねと続く道は領内を西方向に向かい、二里先の辻で北西に方向を変えた。

阿蘇越えはさらに数里先で臼杵城下からきた街道と合流し、豊後鶴崎からきた豊後街道へとつながるのだ。

陸路の三つの街道では最も人の往来が少なかった。

関前城下から上方、江戸に向かう方法の第一は海路だ。

そんな出入口の湊、臼杵口番所、日向道番所に人馬が走り、藩士が増派されて、厳しい警戒線が敷かれた。

もう一つ、密やかに行動に移ろうとする者たちがいた。

東源之丞の死の知らせが城下を駆け巡った数刻後、新町筋の諸星十兵衛道場から旅仕度の影が五つ現れ、ひたひたと、横手通りと平行した裏通りの闇を伝って、関前広小路から延びる、

「阿蘇越え」

に城下外れで姿を見せた。

元々山岳地帯を背後に望む阿蘇越えは、関前藩にとって正式な街道ではない。里人や杣人《そまびと》が城下に入るために踏み固めた野道、山道である。番所は設けられていない。

五つの影はその山道へと消えた。

関前藩から臼杵領内の国境にも格別関所はない。だが、臼杵領内に入る前に難関が待っていた。関前山嶺《さんれい》と称される山岳地帯の尾根を、道幅半間で踏み固められた道が一里半以上も続くのだ。

五人の武芸者らは尾根道に掛かり、ようやく点された小田原提灯の灯りを頼りにひたひたと峠道を上りつめていった。

朝が静かに忍び寄ってきて、峠道を上りきったところで視界が開けた。

「市場様、難所は過ぎましたぞ」

諸星道場の門弟の一人、肥後まで従う道案内の村越半三郎《むらこしはんざぶろう》がほっと安堵の声音を滲《にじ》ませて言った。

村越は浜奉行山瀬金大夫支配下の下士だ。東源之丞暗殺の夜も、鍵曲がり小路での暗殺とその後の逃走の先導役に立ったのが村越だ。

残りの三人の同行者は、市場とともに東源之丞の暗殺に加わった面々だ。

市場栄左衛門は峠下に広がる雲海を眺めた。未明の薄暗がりは日の出が近いことを示していた。また淡く浮かび上がった雲海を突き抜けて山の頂が覗いていた。

「市場様、諸星先生は半年も関前を留守にいたさばよいと申されておりましたが、どちらに参られますな」

「熊本には知り合いの道場がある。しばしそちらに逗留いたす所存だ」

と答えた市場が、

「羽織の紐を失《な》くしたくらいで、そう狼狽なされることもあるまいに」

と不満を洩らした。

「われらは中津屋と諸星どのの意を汲んで郡奉行を見事に仕留めたのだ。この期に及んで慌てふためくこともあるまい」

「市場様、ご家老があれほど東様を頼りにされておられるとは、中津屋も諸星先生も考えなかったのです。寄合の伊澤様が強く暗殺の実行者を藩外に出して、ほとぼりを冷まさせよと忠言なされたと、山瀬様から伺うております」

「そのようなことより、われらに国家老を暗殺させれば事は決着することだ。いずこも頭が倒されればあとは烏合《うごう》の衆よ」

「そう申されますが坂崎正睦様は幾多の藩の騒乱を乗り切ってきた人物、実高様の信頼が厚い方です。それになにより嫡男の磐音様が関前に帰国なされておられます。伊澤様は、すべて事を動かすのは磐音様が関前を離れられた後と中津屋に進言なされたそうな」

「その話も浜奉行の種瓢《たねふくべ》に聞いたか」

「はあ」

「それならそれで、磐音なる者も斬ればよいだけのことじゃ。迂遠《うえん》な方策で大事がなるものか」

と言い放った。

風が尾根道をゆっくりと国境のほうへ吹き流れていた。

「国境まではどれほどか」

「あと下り坂半里のところにございます。野地蔵があるだけの国境です」

同行の一人が腰にぶら下げてきた徳利を、

「市場様、一口いかがですかな」

と差し出した。

「貰おう」

市場は徳利の紐を摑み、片手で器用に振り回すと、曲げた肘の上に徳利を横たえて載せ、栓《せん》を口に咥《くわ》えて抜こうとした。

うむ

市場栄左衛門の動きが止まった。

「どうなされました」

と徳利を渡した同行者が市場の視線の先を振り返った。

「たれか」

朝靄《あさもや》が漂う峠道の向こうに一つの影が立っていた。

「何者か」

徳利を提げてきた同行者が誰何した。

「さ、坂崎磐音様」

関前藩士の村越半三郎が悲鳴を上げた。

「夜道を急ぎ、国境越えをいたそうと思うたが、無駄であったか」

市場が呟き、口に咥えた栓を抜き捨てると、
ごくりごくり
と渇いた喉《のど》を酒で潤した。そして、最後の一口を刀の柄《つか》に吹きかけた。

「それがしも」

徳利が同行者に次から次へと回った。

磐音は動かない。

いつもの春風胎蕩《しゅんぷうたいとう》とした雰囲気はどこにもない、険しい表情が五体に漂い、沈黙を続けていた。

市場栄左衛門らと磐音までは二十数間ほど距離があった。その中ほどに、山道が瓢箪《ひょうたん》形に少し広がった地があった。

徳利が四人目に回ったとき、磐音が動いた。

自らが想定した場にゆっくりと向かい、歩を進めた。一足一足進むごとに靄が払われ、舞い上がった。

「そなたらの話、偶《たま》さか風に乗ってわが耳に届き申した」

「くそっ」

と市場栄左衛門が吐き捨てた。

「市場どの、相手は一人です。なにほどのことがありましょう」

徳利を提げてきた同行者が言うと刀を抜いた。酒を飲んで勢いをつけた仲間一人も剣を抜いた。四人目が徳利を路傍に投げ捨てた。

岩に当たったか、
ごつん
と鈍い音が響いて辺りに酒の香が漂った。

両者は未だ十数間の間合いがあった。

「市場どの、先陣を切り申す」

ずんぐりとした体付きの一番手が剣を八双に構えると、

「きええいっ！」

という気合いを発し、靄を蹴散《けち》らして走り出した。

二番手、三番手が続いた。

二人が並ぶほどの幅はない。

市場栄左衛門は未だ動かない。

その背後に隠れるように、村越半三郎が未だ灯りのついた小田原提灯を手にして立っていた。

磐音は一番手が五、六間と迫ったときに歩みを止めて腰を沈めた。開かれた右足が半歩ほど山道に踏み出されていた。だが、重心は左右両足のどちらにも偏らず、腰にあった。

一番手の息遣いが聞こえ、眼が大きく見開かれたのを確かめた瞬間、磐音の右手が包平の柄へと、流れを遡上《そじょう》する鮎のように躍り、抜き放たれた。

一番手の八双からの振り下ろしを間近に感じた。

が、一瞬早く包平が光になって相手の胴を襲っていた。

「ぎええっ」

という悲鳴を残した一番手の刺客の体が横へと薙《な》ぎ倒され、足をもつれさせて尾根道から谷へと転落していった。

そのときには二番手が迫っていた。

磐音はすでに迎撃を整えており、包平を二番手の肩口に、さらに三番手の剣客の胴を抜いて、雲海の谷へと次々に転がり倒していた。

磐音は、血の臭《にお》いが漂う朝靄の尾根道に立ち止まった。

市場栄左衛門が罵り声を吐いて、長羽織を脱ぎ捨てた。羽織紐は見当たらなかった。

「そなたに死出の土産を進呈いたす」

磐音は懐から羽織紐を取り出すと市場の足元に投げた。

「東源之丞様の苦しみをその身で贖《あがな》うがよい」

「ぬかせ」

市場が大刀を抜き放った。

直刀と思わせる長剣だ。刃渡りは包平の二尺七寸を二、三寸は超えていよう。

「そなた、突きが得意じゃそうな。拝見つかまつろう」

磐音の誘いを受けて、市場が突きの構えにした。

長身と長い腕、三尺に近い剣が生み出す必殺の突きだった。

肘に余裕を持たせて悠然と構えた市場の面上には、数多《あまた》の修羅場《しゅらば》を潜り抜けてきた自信が漲《みなぎ》っていた。

磐音は包平を正眼にとった。

尾根道で左右に避《よ》ける余裕は両者にない。

間合いは未だ三、四間はあった。

雲海を突き抜けて朝日が昇った。

きらり
と市場の切っ先が光り、それが静かに手元に引かれた。
次の瞬間、市場栄左衛門の長身が、
すすすっ
と滑るように動き出し、飛翔する鷹《たか》に変じていた。
長剣が飛翔の中で胸元へ引き付けられ、生死の間仕切りを切った。
その途端、嘴《くちばし》が、いや、長剣の切っ先が躊躇《ためら》いも見せず磐音の喉元に迫った。
不動の体勢の磐音の包平が動いたのはその瞬間だ。
引き付けるだけ引き付けた嘴を、切っ先を擦《す》り合わせた包平が一瞬の間合いで弾いていた。
寸余の間合いを読み切る目と修練の技が合わさって演じられた。
市場の驚愕する顔を磐音は見つつ、相手の攻撃を避けた包平が市場の首筋を、
ぱあっ
と刎《は》ね斬っていた。
「うっ」
と押し殺した声を洩らした市場が長身をくの字に折り曲げ、尾根から谷へと倒

れ込んでいった。

「あああっ」

という悲鳴が尾根道に響いた。

浜奉行山瀬金大夫支配下の村越半三郎が叫んだ声だ。村越は戦いの結果に仰天して提灯を投げ出し、尾根道を走り戻ろうとした。

その目の前に、井筒遼次郎と松平辰平が立ち塞がっていた。

「そなたの役目は終わっておらぬ」

遼次郎の言葉に村越が刀の柄に手をかけた。

「背後に坂崎磐音様、前方にわれら、そなた、逃げ果《おお》せると思うてか。戯《たわ》け者めが！」

遼次郎の叱咤《しった》に村越が刀の柄から手を離し、膝から愕然とへたり込んだ。

磐音は市場の脱ぎ捨てた長羽織と羽織の紐を拾った。

江戸の米沢町角に両替商の分銅《ふんどう》看板を掲げる今津屋では、折りしも表戸が開かれ、大勢の奉公人たちが店の内外の掃除を始めていた。

江戸の両替商六百軒を束ねる両替屋行司の今津屋だ、大所帯といえた。そんな店を仕切るのが老分番頭の由蔵だ。

由蔵はその日の天気を確かめるために表に姿を見せて、

「これ、小僧さん方、箒《ほうき》の使い方が乱暴です。それでは塵《ちり》も残るし、箒の傷みも激しいですぞ。同じ掃除をするのでも、心をこめて丁寧に掃《は》くのですよ」

と注意を与えた。

「老分さんは、近頃えらく怒りっぽくないか」

と登吉《とうきち》が同じ小僧の宮松《みやまつ》に囁いた。

「そりゃ、坂崎様とおこんさんの二人が留守だもの、老分さんがかりかりしていなさるのも無理はないさ」

「いつ、二人は戻ってこられるんだ」

「戻ってこられても坂崎様は佐々木道場の跡取りに入られ、おこんさんは、どこぞのお武家様の屋敷に養女に行くんだろう。今津屋ではこれまでのように二人の姿を見られないよ」

「すると老分さんの不機嫌はずっと続くのか」

「そういうことかな」

と二人の小僧が由蔵を見ると、由蔵がどこか空ろな目付きで西の空を眺めていた。

「やっぱり二人がいなくなって寂しいんだ」

宮松が呟いたとき、

「これ、小僧さん、掃除の手を休めちゃならねえ。しっかり働け！」

と町内の鳶《とび》の頭の捨八郎《すてはちろう》の大声が今津屋の店頭に響き渡った。だが、由蔵はそんな大声も耳に入らぬ様子で西の空を見続けていた。

四

磐音ら三人が雄美岬の付け根にある泰然寺に姿を見せたのは、臼杵との国境の尾根道で戦いが展開された夜明けから数刻後の昼下がりのことだ。

疲れきった三人を目付頭園田七郎助の配下の者が出迎え、辰平と遼次郎が交代で引っ立ててきた村越半三郎の身柄を引き取ると、用意していた駕籠に押し込め、いずこかに連れ去った。

三人は泰然寺の湯殿に浸かり、阿蘇越えの汗を流すと、昼餉を馳走になって仮眠した。

泰然寺は城下から離れていることもあり、関前藩で騒ぎが起こったときにはいつも、藩主の意向に添った組の拠点として使われた。

先の国家老宍戸文六が断罪された騒ぎの折りのことだ。

正睦が宍戸一派の手に落ちて蟄居《ちっきょ》閉門の憂き目に遭ったと知らされ、江戸から急行してきた磐音は、まず最初に泰然寺に厄介になった。

仮眠すること二刻（四時間）余り、磐音ら三人に迎えが来た。

素早く用意を整え、白萩の花びらが散った石段を足早に下りると釜屋の浜には船が用意されていた。

「坂崎様、ご苦労にございました」

船には目付頭園田七郎助の姿があった。

頷いた磐音は船に乗る前に石段を振り返った。

月光が、石段に散った白萩の花びらを朧《おぼろ》に浮かび上がらせていた。

磐音は刹那、この光景をおこんに見せたいと思った。だが、今のおこんには、盛りを過ぎた白萩が散る景色より咲き誇った風景が似合うと思い直した。

想いを振り切り、船に乗った。

「種瓢め、ぼそぼそと独り言を言う癖がありましてな、その言葉の数々を村越半三郎が聞いておりまして、書き留めておりました。奴がなんのために記録したか定かではありませんが、意外に中津屋一統の内情を承知していました。先の刺客の二人の身柄と合わせ、こやつら三人の証言は大きいですぞ」

と興奮の体で言った。

早速、村越は目付の手で調べられたようだ。

船は泰然寺下の釜屋の浜を離れ、関前の海を北から南へ、白鶴城の東端を目指す。

「浜屋敷に中津屋一統は顔を揃えそうですか」

「ご家老が中津屋に藩旗を掲げた御用船を許すかどうか、今晩じゅうに返答をしたい。ついては家臣の目もあるゆえ浜屋敷を借用したい、との書状を中津屋に届けられましたでな、必ず文蔵と大番頭の啓蔵は姿を見せます。中津屋が浜屋敷にいるときは、警護に諸星十兵衛と門弟が呼ばれます。本日、寄合の伊澤と浜奉行の山瀬はまず姿を見せますまいが、中津屋を糾弾した後にこちらはなんとでもなります」

と七郎助が言いきった。

「ただ、ご家老が」

「父がどうかなされたか」

「中津屋を増長させた主因は城下に呼んだわしにある、と心に考えておられるようで、騒ぎが終わった後に身を退《ひ》かれるのではと、われら案じております」

磐音もそのことは考えていた。

元々正睦は国家老の要職に就くなどという野心は全く持たない人物だった。早々に磐音に中老職の家禄を譲り、隠居することを念じてきた人物だった。

だが、宍戸文六の専横政治と放漫な藩経営が坂崎正睦を表舞台に立たせることを強いたのだった。

藩物産事業が軌道に乗りつつある今、新たな紛争の火種である中津屋を処断し終われば、

「身を退く」

ことは十分に考えられた。

一方、磐音が完全に坂崎家を去ると決まった今、井筒家から遼次郎を養子に迎え、一人前の関前藩士として、坂崎家を継ぐに足る人物に育て上げるには数年の歳月を要した。

ただ今の正睦には、潔く隠居する我儘《わがまま》は許されなかった。

磐音は今一つ、正睦の胸の中《うち》を案じていた。

今のところ中津屋一派による明白な藩財政への横暴な関わりが見つけられずにいた。もし中津屋に罪を認めさせるとしたら、正睦自身への暗殺未遂、さらには東源之丞の暗殺にどう関わったかを明かしだてしなければならない。だが、これには明白な証が要った。

中津屋文蔵が村越半三郎らの証言に知らぬ存ぜぬで押し通し、関前藩は一万六千余両の借金を返済したくないゆえに文蔵を捕縛し、罪科《つみとが》をなすりつけようとしていると主張すれば、関前藩の正当性は大いに傷つくことになる。

今宵の中津屋との談判の危惧《きぐ》は一《いっ》にこの点にあった。

だが、すでに事は動き出していた。

「園田様、中津屋一統の専横を許した一因は、父坂崎正睦にあると申せましょう。ですが、ただ今は中津屋一統が犯した罪の数々を明白にすることこそが先決にございます」

「いかにもさよう」

磐音らを乗せた船は関前の海を横切り、白鶴城の東端を迂回《うかい》しようとしていた。波が東から押し寄せ、船頭の櫓捌《ろさば》きにも力が入った。

磐音が断崖の突端下を見ると、埋門《うずみもん》が半分ほど口を覗かせていた。

押し寄せる波をなんとか乗り切り、岩浜が見える内海へと入っていった。

関前の内海は白鶴城の立つ岬により、南北の二つに分かれていた。北側の内海が風待湊として南蛮人到来の時代から使われ、商いと海路の基点として使われるのに対して、南側の内海はまず岩浜の地名のとおりに岩場海岸で、かつ海底には隆起する「岩根」がいくつもあって、格好の魚場になっていた。

海面に白波を立てる岩根の下は海底が一気に深くなり、鰈《かれい》、鯖《さば》、鰺《あじ》、穴子《あなご》、鮑《あわび》、栄螺《さざえ》、若布《わかめ》などの好漁場だった。

海底から突出した岩根の位置を知らなければ、岩浜の内海には入れない。嵐の折りなど、他藩の船が岩根に激突してしばしば海難事故が起こった。

目付屋敷の御用船の船頭は当然のことながら、複雑な海底を熟知していた。

「ご家老の乗り物が浜屋敷に向かうのは五つ半（午後九時）過ぎでございますゆえ、われらは浜屋敷沖合いの魚島に待機して、合図があり次第押し出します」

「承知しました」

岩浜に突き出した龍の洗濯場の地形を利用して豪奢に建てられた浜屋敷の沖合い半里のところに、島の周囲十数丁の小島の魚島があった。

魚島も元々海底から隆起した岩根の一つだが、膨大な歳月が岩根の上に土を積もらせ、鳥が運んできた木の実などが芽吹いて、緑の島と変じさせていた。

常住する人間はいなかった。十分な飲み水がないためだ。だが、岩浜の漁師らの漁業基地であり、休憩所であり、豊漁と船の安全を祈願するために建てられた社《やしろ》が魚島の西の斜面にあった。

磐音らを乗せた目付屋敷の御用船は、魚島の西側の浜に入り込んでいった。すると目付と町奉行配下の面々が捕り物仕度で待機していた。

その数、十数人か。

岩場の陰では火が焚《た》かれ、鍋《なべ》がかけられて、ぐつぐつと煮えたぎった磯汁《いそ》の味《み》噌《そ》の香りが辺りに漂っていた。

「坂崎様、腹が減っては戦もできますまい」

七郎助が磐音らを火のかたわらに案内した。

握り飯もあって、夕餉を食していない三人に磯汁と握りが供された。

三人は黙々と食べて腹ごしらえをした。

小舟が魚島の浜に入ってきた。伝令だ。

「園田様、榊様からの言伝にございます」

「申せ」

「浜屋敷に諸星十兵衛と門弟三十数人が到着し、浜屋敷の警護に付きましてございます」

「思いの外、数が多いな」

七郎助の言葉には予想外という響きがあった。

「それに浜奉行山瀬金大夫どのも、浜奉行の役宅から浜屋敷に入りましてございます」

「なにっ、山瀬が入ったか。中津屋はまだか」

「中津屋一行は未だ姿を見せませぬ」

磐音は魚島の岩に上がり、浜屋敷を見た。

松明か、最前よりも煌々と灯りが点されていた。七郎助が磐音のかたわらに来た。

「諸星道場の門弟が三十余人も浜屋敷に出張《でば》ったのは初めてのはずです」

「こちらの手は何人ですか」

「ただ今のところ、目付屋敷と町奉行支配下の者が出動しております。ご家老から、行動が相手に漏れぬよう隠密にせよとの命でございます。二つの役所の小者を加えても三十人には足りませぬ。家中の御番衆や御手廻組を召集するとなると、まずご家老の許しと数刻の時を要しましょう」

「ならばこの陣容で参りましょう」

と磐音が答えたとき、再び闇の海に櫓の音が響いた。二番手の伝令だ。

「小絃太《こげんた》、中津屋が入ったか」

「はい」

と船上から返事があり、

「中津屋には伊澤義忠様が従い、諸星道場の高弟七、八人が駕籠の前後を固めておりました」

「伊澤様が動いたか。中津屋は、今晩中に、御用船の件も取締方のことも決着をつける気だな」

と呻き、

「坂崎様、さらに中津屋一統の警護が増えましたぞ」

「戦いは人数ではございませぬ」

「それはそうであろうがな」

「なんとしても東源之丞様の仇は討ちますぞ」

と磐音が言いきった。それに頷いた七郎助が、

「火を消せ、出役いたす」

と命を下した。

浜屋敷は、白鶴城と同じように海に突き出た龍の洗濯場に建てられた別宅だ。三方を海で囲まれ、高さ七、八尺の岩場の上に高さ四尺ほどの土塀を巡らしてあった。浜屋敷から関前の海を眺めるために、塀はできるだけ低くしてあった。浜屋敷の敷地の広さは千坪余りか。

表門は当然西側にあった。城下からの訪問者は外堀屋敷町、寺町を抜け、御船手役所を過ぎて日向道に出る。それから数丁進み、海側へと左折して松林を抜けたところに浜屋敷の表門が見えてきた。

関前藩国家老坂崎正睦のお忍びの乗り物が浜屋敷の門前に到着したのは、九つ半（午前一時）を回った刻限だ。

従う者は坂崎家の用人頭の笠置政兵衛ただ一人で、あとは提灯持ちと陸尺《ろくしゃく》だけという小人数だ。供揃えを聞いた中津屋文蔵が、

「えらい少のうございますな。磐音様も従えておられぬか」

と大番頭の啓蔵に問い質《ただ》した。

「はい、用人頭一人を従えただけにございます」

その返答を聞いた伊澤義忠が、

「ご家老は先の襲撃騒ぎを切り抜けられて、油断なさっておられるのかのう」

と呟き、浜奉行の山瀬金大夫がぼそぼそと、

「用心にこしたことはございませぬがのう」

と独り言を漏らしたが、その言葉にだれも耳を傾けなかった。

「予《かね》ての手筈どおり、まず私がご家老と面談し、掛け合います。話が進めば伊澤様を、さらに事が進めば山瀬様もお呼びしますぞ」

と言い残して玄関へと迎えに出た。

浜屋敷の警護の目が玄関先に向けられたとき、浜屋敷の岩場を攀《よ》じ登り、低い土塀を乗り越えた三つの影があった。だが、そのことに気付いた者はいなかった。

玄関先で大仰《おおぎょう》な出迎えを受けた坂崎正睦一人だけが、浜屋敷でも格別景色がよいという、眺望閣と名付けられた離れ座敷に通された。

正睦は風呂敷包みを持参していた。

「宍戸文六様がお持ちの折り、数度招かれたが、この離れ屋は存ぜぬな」

正睦は庭越しに月明かりにおぼろに浮かぶ関前の海と、海上に浮かぶ白鶴城を

堪能したように言った。

「ご家老様、茶室だったものに手を入れさせましたもので」

「さすがは中津屋、豪奢な造りよのう。商い上手であるばかりか、普請《ふしん》にも一廉《ひとかど》の含蓄を持っているとみえる」

「なにを仰せになりますやら」

二人は離れ座敷で対面した。隣座敷の襖はきっちりと閉まっていた。

「ご家老様、過日の申し出にございますが、色よき返答を携えていらしていただいたものと推察いたしますが」

「おおっ、そのことよ」

と受けた正睦が、

「そのことを話す前にちと別件があってのう。そちらを片付けた上でその返答はいたそうか」

「なんでございますな」

「中津屋文蔵、そなた、郡奉行の東源之丞が鍵曲がり小路で襲われた一件、承知であろうな」

「東様にはお気の毒なことにございました」

「そなたも承知であろうが、源之丞とは互いに苦労をし合うた仲でな、いささか傷心に打ちひしがれておる」

「お察し申します」

頷いた正睦が、

「中津屋文蔵、関前藩の財政立て直しはそなたの力なくしては叶わなかった。そのことには常々感謝しておる」

「なにを仰せになりますやら」

「だがな、中津屋文蔵、こたびのこと、許し難《がた》き所業じゃ」

「ご家老様、なにを仰せで」

中津屋文蔵がきいっと険しくも顔付きを変えて、正睦を睨《にら》んだ。

「土橋でそれがしが刺客に襲われた一件、さらには東源之丞の襲撃、二件ともそなたが黒幕と名指しする者がおる」

「一体全体、たれがそのようなことを申されますな。ははあ、ご家老様は手前が用立てた一万六千余両の返金が惜しくなられましたな」

「中津屋、そなたはそう申すと思うたぞ」

「私が暗殺騒動の黒幕と申されるお方はたれですな」

正睦が懐から掴み出したものを、中津屋文蔵の前に投げた。

「それが分かるか」

はっ
とした驚きの表情が顔に走ったが、

「羽織紐のようですが、これがどうかいたしましたか」

「そなたが筑前福岡から連れて参った諸星十兵衛の客分剣客、市場栄左衛門の長羽織の紐じゃが、東源之丞を襲ったとき、源之丞が必死で掴み千切ったものよ」

「市場様の羽織の紐という証《あかし》がどこにございますので」

「まだ抗《あらが》うか」

隣室で人の気配がした。

だが、正睦は平然と風呂敷包みを解いて、長羽織を取り出した。

「中津屋、これがなにか分かるか。市場栄左衛門が源之丞を襲いし折りに着ておった長羽織じゃ。そなたと諸星が因果を含めて昨夜阿蘇越えに送り出した折りも着用しておったものじゃ。羽織の紐がなかろう」

と正睦が中津屋文蔵を見た。

「これをどこで」

「中津屋、市場の生死を訊かぬのか」

正睦と文蔵が睨み合った。

「諸星様、ちと様子が変わりました」

と中津屋文蔵が襖の閉じられた向こうに声をかけると、剣術家諸星十兵衛と高弟五人が控えていた。

座敷の真ん中に座した諸星の眼光鋭い視線が、対決する二人の間に投げられた羽織と紐を見た。

「市場栄左衛門が死んだか」

と呟いた諸星が、

「中津屋、どういたすな」

「かくなる上は国家老様を始末し、すべてをこの御仁にかぶっていただくしかございますまい」

「そのような荒業ができるかのう」

「諸星様、最後は金の力がものをいいます。まあ、見ておりなされ」

と不敵な笑みを浮かべた文蔵が、

「諸星様、まずご家老様を」

と命じた。

「中津屋、そなた、それがしが一人で参ったと思うてか」

と正睦が言ったところに、

玄関の方角で、

わあっ

という声が響いた。

「藩目付の探索である、神妙にいたせ！」

園田七郎助の大声が響いた。

座敷に伊澤義忠が走り込んできて、

「中津屋、手入れじゃぞ。それがしは一切関わりない。これにて御免つかまつる」

と叫んだ。

「伊澤、この場に正睦がおるのも見えぬのか」

伊澤が正睦の声に慌てて見ると、

「ご、ご家老」

と愕然として顔を引き攣らせた。

「なんとまあ、頼りなきお方を味方につけたものよ」

と言い放った中津屋文蔵が、

「諸星様、ここは一気に坂崎正睦様を殺《あや》めてくだされ」

「承知いたした」

と答えた諸星の眼前に二つの影が映じ、その影が正睦の左右に、
ぴたり
と控えた。

井筒遼次郎と松平辰平だ。

「中津屋どの、お邪魔いたす」

庭先から長閑な声が響いた。

坂崎磐音が立っていた。そして、諸星道場の面々が磐音を遠巻きにしていた。

「市場栄左衛門らを始末したはそなたか」

立ち上がった諸星十兵衛の声には怒りがあった。かたわらの五人の高弟が抜刀しながら座敷から廊下に走り出て、さらに庭に飛んだ。

離れ屋の灯りが庭に零《こぼ》れて、磐音の姿を浮かび上がらせた。

「福坂実高様のお意思を汲んで、そなたらに居眠り剣法をお見舞い申す。じゃが、

今宵の居眠り、いささか険しいと覚悟召されよ」

未だ刀の柄にも手を置かぬ磐音の言葉に高弟二人が釣り出され、迫った。

それを見た磐音も踏み込んだ。

磐音の手が包平の柄にかかり、一気に引き抜かれた刃《やいば》が弧状の光に変じて、襲いくる二人の胴を抜いた。

「げええっ」

「うっ」

二人の高弟がきりきり舞いに倒れた。

その刹那、残った三人が磐音を押し包むように三方から剣を振り下ろした。

旋風が三人の中央から巻き起こった。

重なり合った三つの体が硬直して、後ろ倒しに倒れていった。

片膝を突いた磐音が、倒れた高弟三人の真ん中に悠然と立った。

「おのれ、許さぬ！」

諸星十兵衛が黒塗りの大刀を左手に下げ、縁側に立った。

浜屋敷の内外で小競り合いが起きたか、諸星道場の門弟と、目付屋敷と町奉行配下の者たちの争う物音が響いてきた。

諸星は鞘《さや》を抜いて投げた。そして、足袋裸足《たびはだし》で庭に飛び降りた。そこには五人の高弟が斬り倒されていた。

磐音は包平を正眼に置いた。

諸星は一旦正眼に構えた刀を、右前に斜めに立てて構えた。

間合いは一間。

互いが踏み込めば死地に至った。

諸星十兵衛は踏み込んでくる磐音の左の首筋を一撃必殺する構えだ。

互いが、二撃目はないと覚悟した。

磐音は春先の縁側で年寄り猫が日向ぼっこでもするような構えに戻した。

浜屋敷の白土塀の向こうに、灯りを点した船が何隻も接近していた。

「何事か。御番組頭彦根清兵衛の出役《しゅつやく》であるぞ！」

ふうっ
と息を吐いた諸星が、一気に磐音を押し潰す勢いで迫った。

磐音も踏み込んだ。だが、こちらは路地を吹く春風の趣で、
そより
と動いた。

諸星の豪剣が磐音の首筋に叩き込まれ、磐音の正眼の剣が脇構えに変じて伸びやかにも円弧を描いた。

豪と柔。

二つの剣の遅速は一瞬の差であった。

磐音の柔らかな胴抜きが、

びしり

と決まり、胸板厚い体を横手に刎ね斬ると、沓脱《くつぬ》ぎ石に諸星十兵衛の体が激突してぴくぴくと痙攣《けいれん》した。

断末魔の声が浜屋敷に短く響き、だれもが身動きがつかぬままその様子を見守った。

ことり

と諸星の体が動かなくなった。

磐音が包平に血振りをくれながら、諸星道場の門弟衆を睨み、

「もはやこれ以上、無益な振る舞いを続けるでない」

と静かに命じた。

座敷では、

がくり
と中津屋文蔵が膝を屈し、伊澤義忠がその場から逃げ出そうとした。その行く手に園田七郎助が立ち塞がり、

「伊澤様、なぜこちらにおられたか、目付屋敷でとくとお話しいただけましょうな」

と語調を強めて言った。

「宍戸文六騒乱」「利高もの狂い」に続く関前藩の第三の騒ぎは、未然に終結しようとしていた。だが、この場から忽然《こつぜん》と姿を消した者がいた。

浜奉行山瀬金大夫の姿はどこにもなかった。そして、再び城下で種瓢の異相が見られることはなかった。

第五章　坂崎家の嫁

一

その夜明け、関前城下は煮えたぎった釜の湯をぶちまけたような騒ぎが数刻展開された。

浜屋敷の騒ぎを聞きつけた藩士らが無闇《むやみ》に走り回るので、

「関わりなき者は屋敷、長屋にて待機なされ」

という御番衆の命にしぶしぶ屋敷に戻り、門の隙間《すきま》から通りを窺ったりしていた。

目付、町奉行、さらには御番衆までが加わり、中津屋と中津屋に関わりのある店数軒、諸星道場、寄合伊澤家、浜奉行役宅に捜索が入った。多量の帳簿類や証《あかし》となる品が続々と城中西の丸へ運び込まれ、江戸への急使が臼杵道を、さらには海路で発《た》っていった。

　朝が明けた。

五つ（午前八時）の刻限、総登城の触れ太鼓が鳴り響き、家臣らが陸続と面《おもて》に緊張を漂わせて大手橋を渡り、城へと上がっていった。

その後、一転して城下には異様な静けさが戻った。

関前広小路の店はいつものように戸を開き、暖簾《のれん》を下げた。だが、番頭らが白鶴城の方角を眺めてはひそひそと話をし合う光景があちらこちらに見られただけで、商いにはならなかった。

むろん表戸を閉じた中津屋と、中津屋関連の店はひっそり閑として、武装した役人が警戒していた。

　さらに御馬場や辻のあちこちには、町奉行所の同心らが厳しい捕り物姿で六尺棒や本身の槍を持ち、警戒にあたっていた。

「中津屋は、ちいとばかり図に乗りすぎたけん、いつかはこげなこつになると思うちょった」

「なにしろ十年もせんうちに広小路の北角にあの店構えや。一気に上方屋さんの商いが傾いちょる」

「上方屋さんも悪い。これまでの城相手の商売に安穏と胡坐《あぐら》をかいち、殿様商売をしちょった。物産所の荷集めもあっさりと中津屋の手に乗っ取られち、小商人《こあきんど》相手の両替屋に落ちましたものな」

「上方屋の旦那にちぃと覇気があれば、こげな体《てい》たらくに落ちんでな、城下の商いが中津屋一辺倒に傾くこつもなかったろうに」

「中津屋はどうなるるな」

「そりゃ、国家老の坂崎正睦様が動かれた以上、いくら博多商人と関わりがある中津屋でも潰されましょうな」

「藩は中津屋にだいぶ借りがあるちゅうち、それも返さずにちゃらかえ」

「咎人《とがにん》に借金を返済したところでな、牢《ろう》屋敷では使い道もないやろ」

「そんなら、藩はこたびの手入れでぼろ儲けじゃわ」

「そういうこつかねえ」

「さすがは坂崎様じゃ。普段はのんびりした顔をしておられるが、やるとなるとなかなか手強《てごわ》い」

関前城下のひっそりとした静けさは、家臣団の大半が城下がりをしてくると再

び一変した。家臣らの顔には緊張の中にも安堵の様子が漂っていた。それを見た漁師町では、

「大勢は定まったごとある」

「もうちいと中津屋一派が抵抗すると思うたが、一気にやられたもんじゃ」

「なにしろ坂崎正睦様は『宍戸文六騒乱』と江戸屋敷の『利高もの狂い』の二つの騒ぎを生き抜いてこられた人物じゃ。戦上手でな、動くとなるとなかなか素早いのう」

「おりゃ、嫡男の磐音様がな、御用船で戻ってこられた辺りから、これは、江戸の殿様のお墨付きを懐に、城下に戻ってこられたと見ちょった」

「なんえ、おまえは磐音様が騒ぎに関わっちょるち言うんか」

「今や江戸でも有数の剣客じゃ。磐音様がおらんじゃったら、諸星道場の面々もこげん早う捕まらんじゃったろうが」

「捕まったんじゃねえ。諸星十兵衛様以下高弟数人は斬られたんち。浜屋敷からな、死体がいくつも船で運び出されちょるち」

「そんなら間違いねえ。磐音様が捕り方に加わっちょる」

城下の噂をよそに坂崎磐音は屋敷に待機していた。

浜屋敷から磐音らが引き上げたのは夜明け前のことだった。

御馬場で磐音は一人白土診療所に向かい、半刻（一時間）ほど白土葉之助と話し込んできた。

屋敷に戻ってみると、縁側の陽だまりで松平辰平が刀を膝の間に抱いて居眠りしていた。

庭には長閑《のどか》にも秋の陽射《ひざ》しが落ちていた。

廊下に足音がして、おこんが盆に茶を運んできた。

薄く湯気の立ち昇る新茶のかたわらには、城下の甘味屋から買い求めた酒饅《さかまん》頭《じゅう》が茶請けに載っていた。

「撞木町のかんかん屋の酒饅頭じゃな」

磐音の声にこっくりこっくりしていた辰平が目を覚まし、

「これは不覚」

と呟き、

「おこん様、城中からなにも連絡はございませんか」

と関前藩士の顔で訊いた。

「最前、大半の家臣方は城を下がられました。あとは粛々とお調べが続くと、用人頭《がしら》の笠置様が言うておられました。正睦様方は数日城中泊まりになるというので、お屋敷からいろいろ持っていかれました。帳簿を調べるのに、江戸土産の眼鏡が大層役に立っているそうです」

「それはよかった」

と磐音が答え、茶碗《ちゃわん》を手にした辰平が、

「中津屋はどうなるのでしょうね」

と磐音に訊いた。

「まずはお調べが優先されよう。商いに不正が出てきたとなると、江戸の実高様にご判断を仰ぐことになろうな」

「中津屋には東源之丞様暗殺、正睦様の暗殺未遂騒動の黒幕という疑いもございます。厳しい沙汰が下っても致し方ありますまい」

「騒ぎが落ち着くには数か月かかろうな」

おこんが、磐音の答えにふと思いついたように訊いた。

「ともあれ、騒ぎが一段落したら、東様のお弔《とむら》いをしなければ」

「弔いは早かろう」

「騒ぎが落ち着く数か月先まで弔いを延ばすと言われるのですか」

「いや、そうではない」

磐音の顔に悪戯《いたずら》小僧の笑みとも、すまなそうな表情ともつかぬものが漂っていた。

「どうなさったのですか」

「東源之丞様は生きておられる」

酒饅頭を詰まらせた辰平が驚きの声を発し、

「はあっ」

「どういうことなの」

とおこんが磐音を睨んだ。

「二人とも許せ。白土先生の南蛮仕込みの外科手術が成功してな、東様はなんとか峠は越えられたのだ」

「私たちも騙《だま》されたってわけね」

「まず味方を欺くのが用兵の第一歩だからな。とにかく一気に中津屋を潰すには、さし当たり東様に死んでいただくしかなかったのだ。このことは藩内でも父上ら数人、それと白土先生しか知らぬ措置だ」

「なんとまあ」

と辰平は言うと茶をがぶ飲みした。

「それで東源之丞様はお元気になられたのですか」

「あれほどの深手を受けられたのだ、そうたやすくは回復されぬ。先ほど白土診療所を訪ねて参ったが、眠り込んでおられた。あの太った体がひと回りもふた回りもしぼんだようで、小さくなられておられた」

「痩せたくらいなんでもないわ。お元気になられればまた肉も付いてこられます」

おこんの瞼《まぶた》はすでに潤んでいた。

「おこんさん、白土先生はな、中川淳庵《なかがわじゅんあん》さんと長崎留学時代の知り合いじゃそうな。つい話が弾んだ」

「よかったわ、東様がお元気で」

白土が淳庵と知り合いという話は耳に入らぬ様子で、おこんが同じことを言った。

「これで坂崎様とおこん様の祝言が無事挙げられますね」

辰平が二人に話しかけた。

「われらの祝言は、すでに決まっておることだ。近々そのような日も到来しよう。

それより辰平どの、どうなさるな」

「どうするとは、坂崎様、どういうことです」

「祝言が終わればわれらは江戸に戻る。われらに同行して江戸に戻るかどうか、尋ねておるのだ」

「お二人の道中に邪魔ですか」

「いまさら邪魔もあるまい」

と応じる磬音に辰平が姿勢を正した。

「私もご相談申し上げようと思うておりました」

「何なりと申されよ」

「松平辰平、坂崎様とおこん様の旅に同道して、いかに自分が未熟者か、物事をなにも知らぬか思い知らされました。人間も幼く、剣もまだまだ初心の域すら出ておりません。坂崎様、武者修行などと大仰なことは申しません。独り諸国を巡って各地の御道場に願い、数か月の住み込み門弟に加えてもらい、余所《よそ》様の飯を食べてこようと考えております。このこと、如何《いかが》にございましょうか」

「その覚悟を付けられたか」

「はい」

「他国の人情に触れ、他流の技を学ぶことは、松平辰平どのの今後の成長に大きな影響をもたらそう。そのような経験は若い内しかできぬからな」

「坂崎様は賛成なされますか」

「江戸に戻ったら、そなたの父御にしかとそなたの考えは伝える。そなたも父上と母上に文を認《したた》めるがよい」

はい、と畏まった辰平が、

「坂崎様、おこん様、江戸の連中によしなにお伝えください」

「重富利次郎どのががっかりしような。さしあたっての廻国修行、どれほどの日限を考えておられるな」

「二年を予定しております。まず西海道の大藩の肥後熊本、肥前《ひぜん》佐賀、筑前《ちくぜん》福岡、豊前《ぶぜん》小倉城下を訪ね、道場を廻ろうかと考えております」

「薩摩《さつま》は国境《くにざかい》を越えるのは難しいそうな。となると西国の雄藩はそんなところか。一道場に滞在いたせば次も見えてこよう。辰平どのは他流試合をすることが真の目的ではあるまい。各藩の藩道場に立ち寄れるよう、父上に添え状を書いていただこう。佐々木先生の添え状はこちらで得るわけには参らぬゆえ、それがしが代筆しようか」

「お願い申します」

男たちの話を聞いていたおこんが、

「修行の旅となると、いろいろ入り用のものがあるでしょう。早速城下で購《あがな》います」

「おこんさん、男の独り旅じゃ。増やすより減らすことを考えたほうがよい。道中嚢《どうちゅうのう》に入る手行李《てごうり》一つで十分足りるよう、持ち物を減らすことじゃ」

「ほんとうに、新しく求めるものはありませんか」

「これから冬になるで、しっかりとした打裂《ぶっさき》羽織に野袴《のばかま》くらいかな」

松平家では、他家を訪ねるというので上等な羽織袴を着せていた。これでは野宿などするにも不便だ。

「早速照埜様にご相談申し上げて、城下の呉服屋に参ります」

とおこんが弟を旅立たせる体で立ち上がった。

「辰平どの、金子はいかほど持っておられようか」

磐音が二人だけになったときに訊いた。

「うちでは坂崎様とともに江戸へ戻ってくると考えて送り出しました。ゆえに三両ほどを持たせてくれました」

「藩道場に逗留するとなれば、さほどかかるまい。だが、門弟衆との付き合いもあろう。七両を加えて十両を持参するがよい。七両は旅の前に渡す」

「三両あれば当座は凌《しの》げます。足りなければ屋敷に為替《かわせ》で送るように頼みます」

「旅は慣れてくるとそうは使わぬものじゃが、独り旅では最初に費用が諸々かかる」

「はい。ならばお借りします」

と辰平が素直に頷いた。

昼過ぎ、目付頭園田七郎助の腹心伊藤岳蔵《いとうたけぞう》が坂崎家に姿を見せ、磐音に面会を求めた。

玄関先の小座敷で対面すると、

「まず浜奉行の山瀬金大夫の不正が帳簿から発覚し、山瀬の配下の証言も取れました。江戸に送る海産物を領内から買い集めるに際し、一荷五百文で購入した受取りを相手に書かせて、実際は四百文を渡すという単純な手口で、買い付けに同行した中津屋の奉公人が関わらねばできぬ相談です。大番頭の啓蔵も喋り始めておりますし、早晩、落ちると思います。ただ、中津屋文蔵はふてぶてしくも口を閉ざしたままです」

「諸星道場のほうはどうかな」

「こちらの調べは、町奉行榊兵衛様が中心になって進んでおります。それがし、これより町奉行所に向かい、調べの進行具合を訊きに参るところです」

「ご苦労に存ずる」

おこんが茶を運んできた。

おこんと初めて会う伊藤岳蔵の口があんぐりと開いた。

「どうかなされたか」

「坂崎様の嫁女になられる人の噂があれこれ城下で飛んでおりましたが、まさかこのようなお方とは」

「がっかりなされたか」

「坂崎様、口も利けませせぬ」

と伊藤が動揺を押し隠し、

「頂戴いたします」

とおこんから茶碗を受け取り、

「それがし、使いを願い出て重畳《ちようじよう》でした」

と正直な気持ちを吐露した。

磐音は取調べが順調に進んでいると聞き、辰平を誘って旅籠《はたご》町裏の中戸道場に稽古に行った。

道場はいつもより門弟の人数が多いように見受けられた。

昨日の騒ぎで、屋敷や長屋にいるよりなにか情報が聞けるかと道場に来た様子の連中ばかりだ。

そこへ坂崎磐音と松平辰平が姿を見せたのだ。

「坂崎、そなた、えらいことをしのけたそうな。諸星十兵衛と自慢の高弟五人を一人で斬り伏せたそうじゃな」

と大声を上げたのは師範の磯野玄太だ。

「師範、お調べの最中の一件です。そう大声で喚かずにいただきたい」

「おれが小声で話したところで、城下じゅうが承知の騒ぎだぞ。目付屋敷にも町奉行所にもわが門弟はおる。御番衆にもな。話は一瀉千里《いっしゃせんり》、夜の裡《うち》に城下じゅうに広まっておるわ」

「そうでもございましょうが」

「おれはそなたに感謝しておる」

「はて、なぜでございますな」

「諸星道場はこれで終わりだ。となれば、向こうに移った弟子がまたこちらに戻ってくるということではないか。賑やかになるわ」

と磯野が答えたとき、見所《けんぞ》に中戸信継が姿を見せた。

「磯野、そなたの話を聞いて恥ずかしゅうなった。門弟が諸星道場に去ったのは、われらの教えが不足していたからじゃぞ。あちらが潰れたからと申して、そうそうあっさりと戻ってくるものか。また戻ってきたところで、中戸信継がこの体では、戻ってきた門弟の期待にも添えまい」

信継の言葉に磯野玄太がしゅんとなった。

「先生、師範、鬱々《うつうつ》としたときは猛稽古がなによりの薬にございましたな」

「おおっ、そのような言葉が飛び交った昔があったわ」

「稽古をいたしましょう。ご検分くだされ」

磐音の言葉に信継が大きく頷いた。

夕稽古にしては激しい立ち合いが一刻半（三時間）ほど続き、門弟のだれもがへとへとになって、

「稽古やめ」

の声を聞いた。

ぜいぜいふうふう
はあはあ
あちらでもこちらでも荒い息遣いが響いていたが、どの顔にも満ち足りた表情があった。

磐音が叱咤し、手を抜くことを許さなかったからだ。

磯野玄太も磐音との立ち合いに息が上がっていた。

「五年前ならば坂崎にこうも好き放題させなかったのじゃがな」

悔しがる磯野を信継が複雑な目で見た。

「先生、いささかお願いの儀がございます」

磐音は辰平の廻国修行の一件を持ち出した。

「それはなにより。ならばまず肥後熊本藩の新陰《しんかげ》流横田《よこた》傳兵衛《でんべえ》先生に添え状を書こう。横田先生ならば西海道の諸藩に通じておられるでな、次の修行先もすぐに決まろう」

「有難うございます」

と磐音と辰平は信継に平伏した。

二

藩を揺るがす大騒動から三日目の夕暮れ、筑前博多の大商人、九代目箱崎屋次《はこざきやじ》郎平《ろべい》が手代を二人伴い、関前入りしたという報が城下を駆け回った。

箱崎屋の先祖は徳川以前には安南《アンナン》や呂宋《ルソン》に大船を走らせたほどの進取の気性の一族で、ただ今でも筑前福岡藩の御用達商人を務め、両替商から廻船問屋と手広く商いし、

「黒田が支える舞鶴城、博多商い箱崎屋」

といわれる威勢を示す豪商だった。

舞鶴城は福岡城の異名である。

中津屋文蔵が長年奉公していたのが箱崎屋だけに城下では、

「中津屋派の反撃だぞ」

「外様《とざま》六万石と国持ち五十二万石では戦にもなるまい」

と関前藩と福岡藩の石高《こくだか》まで持ち出して不安がる家臣がいた。

箱崎屋次郎平は早速白鶴城に乗り込んだ。

それから一刻半が過ぎた頃合い、坂崎家に正睦の使いが来て、磐音に城中に上がるよう命じた。

照埜は、

「まさかお咎めが下るのではございますまいな」

と案じたが、

「母上、博多から大商人どのが見えられたからと申し、関前の藩政が左右されるわけもありますまい」

と平然としていた。おこんが、

「城中に参られるなら肩衣袴《かたぎぬばかま》に改めますか」

と佐々木家の家紋の入った衣服のことを言った。

「いや、それがしはただ今のところ、関前藩とも佐々木家とも縁なき者じゃ。いつもの衣服でよかろう」

と答えた磐音におこんが利休色《りきゆういろ》の小袖と袴を用意し、着替えさせた。

「羽織はなしでよい」

と磐音は羽織も断った。

照埜とおこんに見送られて坂崎家を出た磐音は、城中の御用部屋へと通った。

煌々と灯りが漏れる御用部屋で、九代目箱崎屋次郎平と正睦が談笑している様子が、閉じられた障子の向こうから伝わってきた。

「父上、磐音参上いたしました」

廊下に座した磐音が声をかけると、

「ご苦労であったな、入れ」

と正睦の声がして、小姓が障子を開けた。

包平《かねひら》はすでに腰から抜いてある。包平を右手に御用部屋に入り、敷居際に座すと、包平を手元から離して置いた。

磐音は箱崎屋九代目に軽く会釈すると、

「なんぞ御用でございましたか」

と正睦に訊いた。

「いや、わしではない。箱崎屋どのがそなたに会いたいと申されてな」

「箱崎屋どのがそれがしに」

磐音の視線が次郎平に向けられた。

「磐音様、ご不審はごもっともにございます。私は、江戸の両替屋行司今津屋様の後見としての坂崎磐音様の名を、何年も前から承知しておりました。先の日光社参では今津屋様が中心になり、徳川の威勢を張る社参を見事成功させられた経緯《いきさつ》は、博多でもよう知られておりましてな」

「さようでございましたか」

磐音は応じながら、火急の案件は二人の間で話がついたのであろうかと案じた。

「ご家老様より磐音様が江戸から参っておられるとお聞きし、是非お目にかかりたいと無理を申し上げたのです」

磐音は首肯した。

「私は磐音様が関前藩にお戻りになられるかどうか気にしておりましたが、ご家老様の話では、江戸で佐々木玲圓先生の後継に就かれるとか。上様もお喜びにございましょうな」

と箱崎屋次郎平が予期せぬことを口にした。

今津屋が諸国大名の情報を握っているように、博多を根城に西海道筋の金融の一翼を押さえる箱崎屋が、江戸の政情に通じていても不思議ではない。

磐音はただ頷いた。

「またこたびは今津屋のおこん様を伴っての関前入りとか。磐音様、おめでとうございます」

「有難うござる」

「今津屋の奥を仕切る評判の今小町が坂崎磐音様と夫婦《めおと》になられ、佐々木家に入られるとは、実高様も残念に思うておいででしょう」

「それがし、何年も前に藩を抜けた者にござれば、実高様に格別な感慨はございますまい」

「いえ、それは違いますぞ。あの日光社参の折り、数多《あまた》の随行者の中で異例にも上様が直々に面会を許されたのは、福坂実高様とこちらにおわす坂崎正睦様のお二方でございましたな」

「箱崎屋どの、ようもそのようなことを承知じゃな」

「商いの道は江戸のあらゆる情報に通暁《つうぎょう》しておりませぬと立ちゆきませせぬ。この話を聞いたときから、私はもはや磐音様の関前復帰がないことを薄々感じておりました」

とさっきとは反対の意見を述べた。

「磐音様は今津屋様との付き合いで商いの道に接せられ、こたびは佐々木家に養子に入られることで政《まつりごと》の道に踏み込まれることになりました」

「箱崎屋どの、いささか誤解があるようにござる」

「ほう、この箱崎屋の言葉のどこに誤解がございますので」

と次郎平が笑みを浮かべた顔を磐音に向けた。

「それがし、いかにも佐々木家に入り、玲圓先生の後継になることが決まっておりますが、それは剣の道を志すことにあり申す。それがし、一剣術家として出立《しゅったつ》いたすと心に誓い、父上にもお願い申しました」

「佐々木家が徳川様と深い関わりにあることは、江戸の情報を探る私どもには厳然たる事実です。また磐音様の剣は、佐々木玲圓様の後継として幕府に関わっていかれることも確かにございましょう。一剣術家にとどまらず、坂崎磐音様は王者の剣を目指されることになりましょうな」

とまで言い切った。

坂崎父子に、それに答える術《すべ》はない。

「磐音様、近々江戸に戻られるとか」

「先祖の墓参も終わったゆえ、数日後には関前を発つ所存にございます」

「帰路、おこん様ともども、しばし博多に立ち寄ってはいただけませぬか。歓待申します」

と言い出した。

「江戸をだいぶ空けております。その余裕がありますかどうか」

「重ねて申しますが、磐音様が佐々木家に入られますと、これまで以上の多忙の日々が待っておりましょう。このような機会はなかなかございませんぞ。ご家老様には私からくれぐれもお頼みいたします。また、今津屋吉右衛門様、由蔵さんには文でお断り申し上げますので、おいでくださいませ」

と丁重な招きに磐音は正睦を見た。

「磐音、こたびの関前の不始末、箱崎屋どののお力でなんとか切り抜けられた」

「それはようございました」

磐音は次郎平に頭を下げた。

「磐音様、この一件、元々この箱崎屋次郎平の目利き違いから生じたことにございます。文蔵はこの近くの日出領内の生まれ、関前藩の物産事業の助けになればと私が選んだ人物にございましたが、箱崎屋の商いの教えを忘れ、私利私欲に走ったそうにございますな。ここ数か月前より正睦様から忌憚のない文をいただき、正直驚きました。早速私どもも動いて、文蔵の所業の数々はすでに大方調べ上げましてございます。博多から関前に送る折り、文蔵には商いの元手を貸し与えてございましたが、その返済が約定に反して早うございましたゆえ、前々から不審に思うておりました。商人が藩政に首を突っ込み、剣術家を呼び寄せ、用心棒代わりにするなど、言語道断にございます。まして、ご家老様や重臣方の暗殺に走るなど、商人がやることではございません。先ほど文蔵に会いまして、死をもって責めを負えと厳しく命じました」

「関前の今後じゃが、箱崎屋どのがお力を貸してくださることとなった。中津屋文蔵に関前城下が踊らされた第一の因《もと》は、関前藩の家臣団のだらしなさに尽きる。また、城下の商人がこれまでの商いに甘んじて、なんの努力もしなかったことにも一因があろう。これから箱崎屋どののお力を借りて、関前に新風を取り入れたい」

と正睦が言いきった。

磐音はこれが住倉十八郎の通夜に向かう折り、正睦の洩らした、

「一つかふたつ、手がないこともない」

という策かと納得した。

関前城下に再び平静な暮らしが戻ってきた。

関前広小路の北角は騒ぎの後数日は閉じられていたが、再び表戸が開けられた。博多から次郎平が伴ってきた二人の手代が残り、帳簿と蔵とを町奉行榊らと調べ直したからだ。むろん榊らもすでに帳簿を押収して調べていたが、こちらは不正を見つけるための取調べであった。一方、箱崎屋の奉公人たちは中津屋再建のための帳簿調べだった。

文蔵と啓蔵らに深く関わり、阿漕《あこぎ》な商売を主導した奉公人は馘首《かくしゅ》され、なにも知らないまま商いに就いていた奉公人は、再び商人道を学ぶため博多に送られた。

さらに後日、博多の箱崎屋から番頭一人に手代三人が呼び寄せられ、中津屋改め関前屋の再建が始まることとなった。

おこんは武者修行の旅に出ることになった松平辰平のために、あれこれと思案していた。

磐音から命じられた打裂羽織と野袴は、井筒源太郎が江戸との御用の際に一、二度使ったことがあるものを譲り受けた。手行李と塗笠《ぬりがさ》は、坂崎家の蔵にあったもので代用できそうだった。

それらを見せられた辰平は、

「おこん様、なにからなにまで申し訳ございません」

と恐縮するばかりだった。

「おこんさん、足元は肝心ゆえ、辰平どのを伴うて広小路の足袋《たび》屋に参り、足に合わせた丈夫な木綿足袋を誂《あつら》えてくれぬか」

と磐音に頼まれたおこんは、辰平と姉弟のように肩を並べて、いそいそと出かけていった。

その朝、朝稽古が終わった刻限、見所に中戸信継が姿を見せて、磐音と辰平を呼び寄せ、肥後熊本藩剣術指南横田傳兵衛に宛てた書状を授けた。

「中戸先生、有難うございました」

辰平が感激して見所下に平伏した。

「仕度はなったかな」

「はい」

「あとは辰平どのの気持ち次第か」

と磐音がかたわらから言った。辰平がなにか心に決したように頷いた。

辰平の旅立ちの仕度と並行して、坂崎家では中断していた磐音とおこんの仮祝言の準備が再開された。

騒ぎが一段落した正睦の決断で、長月《ながつき》十五日、大安の宵に内々の仮祝言が行われることになった。そして、その翌日に辰平は豊後街道から肥後熊本へと旅立つと決められた。

仮祝言の前日、磐音とおこんは漁師町の雲次の家を訪ね、鯛《たい》と伊勢海老《えび》を注文した。すると雲次が心得顔に、

「ぽーん」

と胸を叩き、

「磐音様、おこん様、任せちょくれ」

と請け合った。

そのあと、二人はそぞろ歩いて御馬場に出た。

「関前滞在もひと月近くになったな。おこん、そろそろ江戸が恋しくなったのではないか」

「むろんお父っつぁんのことは気にかかります。だけど、坂崎家の暮らしは物珍しいことばかり。速水様の養女に上がる私にはすべてが勉強になって、日が過ぎるのがあっという間でした」

「江戸に戻れば、このように二人でそぞろ歩くことも少なくなろう」

「いつ関前を発たれますか」

「祝言を終え、辰平どのを見送ればわれらの番だ」

「はい」

二人は小路南の屋敷町に入り、白土診療所を訪ねた。

その朝、白土葉之助医師から、東源之丞が怪我も回復に向かい、なんとか気力を取り戻したという知らせを受けていたからだ。

東源之丞は陽だまりの奥座敷の縁側で、髪結いに髷を結い直してもらっていた。

「おお、ご両人。心配をかけたな」

源之丞はふた回りほど体が小さくなり、声音にも力がなかった。だが、こうやって自らの力で座れるまでに回復したのだ。

「東様、ようもご回復なされました」

というおこんの瞼はすでに潤んでいた。

「おこんさん、それがしの弔いを考えたそうだな」

「磐音様方に騙《かた》られました」

「死に損なった人間は長生きするというで、せいぜい長生きいたそうか」

「是非そうしてくだされ」

「祝言は挙げたか」

「明日になりました」

「そなたらも騒ぎの余波で待ちぼうけを食うたか。よし、わしは出るぞ」

「無理をなさいますな」

「そなたとおこんさんの祝言にわしが出ずしてどうなる」

　源之丞が頑張った。

「白土先生のお許しを得てからにございます」

　磐音が言うところに白土葉之助が姿を見せた。

「怪我人が無理を言うておりますが、外出ができましょうか」

「乗り物だとしても、一人では無理です。私が従います」

「白土先生が」

「坂崎様とおこん様の仮祝言と聞きましたが、真《まこと》ですか」

「はい」

「ならば私も東様の付き添いで出席させてくだされ。なあに私は中川淳庵先生の代役と思《おぼ》し召しくだされ」

と白土葉之助が平然と言った。

「坂崎、一人くらいなんとかなろう。わしはただ出るだけで酒も料理も口にできぬゆえ、その膳を白土先生に回せ」

「そのようなことはどうとでもなります。おこんさん、東様の我儘を受け入れるか」

と磐音がおこんの許しを乞うた。

祝言の出席の約定を取り付けた白土が往診に出ていき、髷を結い直し、髭《ひげ》を綺麗に剃《そ》り上げた髪結いが、

「お世話になりました」

とおこんに送られて玄関へ姿を消した。

「坂崎、白土医師に聞いても、私は医者で藩政は分かりませぬとなにも教えてくれぬ。どうなっておるのだ」

と以前の性急な源之丞に戻ったように訊いた。

「事は決着しております」

「どう決着した」

「東様、『宍戸文六騒乱』『利高もの狂い』と二つの藩騒動を経験しながら、十年

もせぬうちに新たな火種を見逃したは、関前藩の落ち度にございましょう。父も大いに悔やんでおられました」

「いかにもさようじゃ」

源之丞が無念そうに言った。

「同時に、二つの騒ぎを掻い潜った経験が生きて、大事に至る前にこたびの騒ぎの目を潰したともいえます」

頷く源之丞に、磐音はまず東源之丞の暗殺未遂直後の動きから頭分格の市場栄左衛門ら一行の逃走と、それを追尾した磐音らとの阿蘇越えの尾根道の戦いを話した。

「それもこれも、東様が市場の羽織の紐を引き千切り、刺客の身許《みもと》が割れたことが大いに助けになりました」

「わしがそのようなことをしていたのか」

「しっかりと羽織の紐を握って土塀下の疎水に倒れておられたそうな」

磐音は次に浜屋敷の手入れを報告した。

「なにっ、種瓢《たねふくべ》め、一人だけ逃げおったか。わしはあやつが一番手強いと思うておったが、尻に帆かけてのう。あの風貌では、関前領内では生きていけまい」

源之丞はそんなことまで案じた。

磐音は最後に、博多から箱崎屋次郎平が自ら手代二人を従えて関前に乗り込んできた一件を告げた。

「そうか、ご家老は中津屋文蔵に借りておる一万六千両を、日田金を扱う金貸しに肩代わりを願われたばかりか、箱崎屋次郎平どのとも連絡を取り合うておられたか。さすがはご家老かな、読みが深いわ」

と正睦の二重三重の防衛策を褒め、

「関前に箱崎屋の商いの手法が取り込まれるとなると、中津屋の専横とは違った意味で、城下の商人はうかうかとしておられぬぞ」

「それが父上の狙いにございましょう」

「ともあれ、わしは死にかけてこたびの騒ぎにはなんの役にも立たなかったな」

「いえ、東源之丞様の暗殺未遂騒動をきっかけに事が動き始めたのです。大いに力になりましたぞ」

「そうか。ただ、わしは白土先生の奥座敷で寝ておっただけだったがのう」

源之丞が綺麗に剃り上げられた顎を片手でつるりと撫《な》で、

「生きておってよかったわ」

としみじみ呟いたものだった。

三

江戸の両国西広小路の界隈も秋から冬へ、季節の移ろいをみせはじめていた。

今津屋では夕暮れ、客が少なくなった頃合い、小僧の宮松らが店の前を箒で掃く習わしがあった。するとどこから飛んできたか、色付いた柿の葉が風に何枚も混じって舞っていた。

宮松が虫食いだらけの柿の葉を一枚取り上げ、自然が創り出した色合いにしみじみ感心していると、

「小僧さん、今津屋に吉右衛門様とお佐紀様という方がいるかえ」

と深川界隈の廻船問屋の印半纏《しるしばんてん》を着た男が訊いた。

「おまえさん、江戸のお人ですか。今津屋の旦那様とお内儀様の名も知らないでよく商売ができますね」

と宮松が剣突《けんつく》を食らわした。

「おっと、小僧さん、わっしらは普段、沖合いの船から艀《はしけ》で横川の店まで荷運び

する人足だ。今日は西国から不意に船が着いたてんで、急に駆り出された口よ。許してくんな。今、荷を運んでくるからよ」

男が神田川の船着場へと走り戻り、再び姿を見せたときは、菰《こも》包みを肩に担いでいた。

「おや、大荷物ですね」

「小僧さん、大きい割には重くはねえや」

宮松の指示で今津屋の土間に菰包みがおろされた。

帳場の中から老分番頭の由蔵が、

「宮松、どこからの荷ですね」

と訊くと、廻船問屋の奉公人の男が、

「なんでも豊後関前城下からの預かり荷だぜ。番頭さんよ、確かに渡したぜ。受け証をくんな」

と書き付けを差し出した。

由蔵が帳場から飛んできて受け証の差出人を確かめた。

「おや、坂崎様とおこんさんが、なんぞ送ってこられましたよ」

「老分さん、関前からの船にしてはえろう早く着いたもんですね」

と筆頭支配人の林蔵《りんぞう》も口を挟んだ。

林蔵は、磐音らの乗った往路の船の日数と、豊後からの荷船の日数を素早く計算したのだ。

「番頭さん、この船は内海を通らず、豊後を出ると土佐沖から紀州灘に突っ走る早船だ。風具合がいいときは西国から七、八日で突っ切ることもあるというぜ」

と言い残すと林蔵から受け証に印を貰《もら》い、店から出ていった。

「老分さん、坂崎様方はなにを送ってこられたんでしょうね」

宮松が掃除を忘れて菰包みにへばりついた。

「宛名は旦那様とお内儀様ゆえ奥に運んでいきたいが、菰だけはここで解《ほど》きましょうかな」

と宮松らに菰包みの縄を切ることを命じた。

「なんだろう、大きいや。だけど中身はさほど重くないと言っていたけどな」

菰が解かれるとさらに油紙で厳重に包まれていた。

「これならば座敷も汚れはしますまい」

由蔵が音頭をとり、小僧の宮松と登吉が関前からの荷を奥へ、

「よいしょよいしょ」

と運び込んでいった。

奥座敷では吉右衛門が書き付けに目を通すかたわらで大きくなったお腹を摩《さす》りながら、お佐紀が相変わらず産着を縫《ぬ》っていた。

「どうなされました、老分さん」

お佐紀が気付き、問いかけた。

「旦那様、お内儀様、関前のお二人から旦那様方に荷が届きました」

「なんとまあ、大荷物を送ってこられたものよ」

吉右衛門が驚き、宮松らが油紙を解くかという顔で由蔵を見た。

「宮松、登吉、掃除に戻りなされ。ご苦労でした」

由蔵が心残りの顔付きの小僧らを表に戻し、自ら油紙を開き始めた。するとその下に古紙で何重にも巻かれ、角々には丸められた古布が当て物として詰められていたが、それが一つひとつ退《の》かされると段々と形が見えてきた。

「なんでございましょうな」

お佐紀も興味津々に立ち上がり、縁側で解かれる荷を注視した。

「鈴の音かな、音がしますぞ」

由蔵が最後の白布を剝《は》ぐと、磐音とおこんが関前の御馬場の露天商から買い求めた揺り籠《かご》が姿を見せた。

「旦那様、これは高貴の方が使われるという乳母車ではございませんか」

「いや、車がないところを見ると赤子の寝床ですね。ほれ、頭の上に愛らしい鈴がいくつも付いて鳴るようになっておる。南蛮からの到来ものですよ」

「お内儀様に宛てられた文ですよ。おこんさんの手ですね」

由蔵がお佐紀宛の文を手渡し、お佐紀が急いで文を披《ひら》いて黙読すると、

「旦那様、老分さん、揺り籠と申す南蛮の籐家具だそうです。脚が弓のように反《そ》っているのは、赤子をあやすために前後に揺らす工夫だそうです」

「揺り籠か、言い得て妙ですな」

吉右衛門が揺り籠を揺らすと、涼やかな音色が今津屋の奥座敷に響いた。

「関前城下の露天市に商人が持ち込んだものと書いてございます。江戸でも見たことがない家具なので買い求めました、と書き添えてございます。やはり長崎口の品ですな」

「子供の揺り籠が早、用意されましたか。あとはお佐紀、元気な赤子を産むだけですな」

「はい」

とお佐紀が顔を紅潮させた中にも緊張を漂わせて返事をした。

「旦那様、この赤子の小さな枕といい、精緻な編み物の掛け物といい、なんとも愛らしいものでございますね」

「うんうん」

と頷いた吉右衛門が揺り籠をもう一度揺らした。すると夕暮れの光が庭に散り始めた今津屋に異国の鈴が再び鳴り響いた。

「おや、老分さん、どうなさいました」

最前から黙り込んだ由蔵にお佐紀が気付いて問いかけた。

由蔵の両の瞼が潤んで今にも涙が溢れそうだ。

吉右衛門が呆れ顔で、

「老分さん、これが泣くことですか」

「旦那様、近頃由蔵は、悲しいことより嬉しいことのほうが、涙が溢れて致し方ございません。坂崎様とおこんさんが揺り籠を求められ、送ってこられたと思うとついつい……」

由蔵がついに両手で顔を覆った。するとその耳にお佐紀の声が明るく響いた。

「旦那様、老分さん、文に嬉しい話が書いてございますよ。由蔵さんの涙も消えましょう」

「なんだね、お佐紀」

吉右衛門がなんとなく推測がついたという顔で訊いた。

「坂崎様とおこんさんの仮祝言が関前で執り行われますよ。こちらの心遣いに応じて仮祝言を挙げることが急遽決まったと記してございます」

お佐紀の弾んだ声に、

「うちでは赤子の揺り籠、関前では仮祝言。由蔵の涙はもう止まりませぬ」

と由蔵がおいおい声を上げて泣き出した。

同じ夕暮れ、江戸から二百六十余里離れた関前城下の国家老坂崎家の座敷では、白無垢の花嫁の仕度が終わり、髪結いや着付けの女らが感に堪えない声を洩らした。

「おこん様、月並みの言葉しか口を突いて出ません。私も長年この商売を続けており、数え切れないほど花嫁仕度を手伝わせてもろうてきましたが、これほど神々しい花嫁様は初めてにございます。いえ、世辞ではございません。さすがは江戸で浮世絵になるお方です」

「絵に描《か》いたようだと申しますが、浮世絵師が描いたものなど比較になりませんよ」

「坂崎磐音様は三国一の果報者にございます」

「おこん様、おめでとうございます」

と着付けと髪結いの女たちが口々に言い合い、満足そうに自分たちの仕事を眺めた。

おこんは、文金高島田に綿帽子の頭を静かに下げた。

「ささっ、花婿様が待ちくたびれておられましょう」

坂崎家の用人頭笠置家の孫娘がおこんの先導役になり、離れ屋に向かうために縁側の障子が開かれた。すると薄暮の庭のあちこちに灯りが点り、庭を挟んで向こう側の廊下や座敷には坂崎家の大勢の奉公人らが詰めて、おこんの姿を一目見ようと待機していた。

そんな人々から思わず嘆息が洩れた。

おこんは奉公人たちの姿に気付いた。

歩みを止めたおこんが綿帽子を上げ、顔を見せて一礼した。すると奉公人を代表して、継裃《つぎかみしも》姿の笠置政兵衛が、

「おこん様、磬音様と末永くもお幸せなお暮らしを願うております」

と挨拶し、

「有難うございます」

とおこんは腰を屈めて返礼した。

奉公人が一斉に頭を下げた。

再び綿帽子を下げたおこんは、介添え役に手を取られて離れ屋へと向き直った。

一歩一歩しっかりと踏みしめるように磬音のもとへと歩き出した。まさか江戸を出るときは、関前で仮祝言など努々《ゆめゆめ》考えもしなかったおこんだった。それが今、坂崎家に迎えられ、祝福されていた。

(私はなんて幸せ者かしら)

つくづくおこんは思った。

江戸で磬音とおこんが出会うことになったのは、関前城下での悲劇があったからだ。磬音の仲間や幼馴染みの血の犠牲があったがゆえに知り合ったのだ。

おこんは、その人々の想いを胸に、一歩また一歩と廊下を進んだ。すると庭の一角に薄ぼんやりと白い花が浮かんだ。

関前城下の白萩の季節はすでに終わっていた。そこで照埜が山間《やまあい》の在所から取り寄せ、庭の一角に大きな鉢を設《しつら》えて活けたものだった。

母屋の廊下から離れ屋へとおこんは移った。

先ほどまでしていた離れ屋の話し声は消えていた。

離れ屋の座敷の障子が中から左右に引かれた。障子を引き開けたのは遼次郎と辰平だ。

先導の子供に導かれて立つおこんを見て、

「おおっ」

という静かな嘆声が起きた。

「上手に仕度がなりましたね」

照埜の満足げな声がして、おこんは腰を屈めた。

座敷の床前には漁師の雲次が自ら採ってきた見事な大鯛と伊勢海老が三方《さんぼう》に勢いよく躍り、さらに祝儀飾りの蓬萊台《ほうらいだい》が置かれてあった。

床の間の前に斜めに構えた磐音が、佐々木家の家紋入りの肩衣袴姿でにこにことおこんを迎えた。

内々の仮祝言だ。

片側に井筒家五人が居並び、もう一方の側に東源之丞と白土葉之助医師が並び、続いて坂崎家の正睦、照埜の夫婦、そのかたわらに松平辰平の席があった。

「ささっ、花嫁様の座にお着きなされ」

おこんが末席から井筒家の後ろを周り、磐音とは床の間を挟んで反対側に座すと、一座に深々と頭を下げて挨拶した。

婚礼の場で花婿花嫁が正面に座ることはない。金屏風を背にした花嫁を斜めに見る位置に花婿が座した。

「仮祝言ゆえ作法はすべて外した。だが、それでは格好が付くまいと、夫婦固めの盃《さかずき》の儀だけは執り行う」

正睦が宣告し、恒例に従い、三々九度の固めの盃を交わした。

その折り、綿帽子が上げられ、おこんの緊張した顔が一座の者にも見えた。

「ふううっ」

という大きな溜息《ためいき》を思わず辰平が洩らした。

「すみませぬ。それがし、おこん様を見慣れているつもりでしたが、このような綺麗なおこん様は初めてです。思わず溜息を洩らしました」

と詫びて、頭を掻いた。

座が一気に和やかになった。

「ご家老、祝言の作法は外したと仰せになりましたが、『高砂《たかさご》』を謡《うた》わずして祝言も成り立ちますまい。それがし東源之丞が謡わせてもらいます」

と自ら志願したが、

「東様、未だ体の傷は回復しておりませぬ。息が続きますまい」

と白土医師が案じた。だが、源之丞は、

「高砂の一節二節、なにほどのことがありましょうや」

と姿勢を正したが、太った源之丞を知る全員が不安げな顔で、痩せ衰えた体を見守った。

「たかさごやぁ、このうらふねにぃ」

と声を張り上げた源之丞が、真っ赤な顔に変じて喉を詰まらせた。

「それ、言わぬことではない。源之丞、その先は江戸の方々に任せよ」

と正睦が命じ、

「ご家老の命ゆえ高砂の続きは江戸に任せます」

とほっと安堵の顔を見せた。

一座に酒が配られたが、当然のことながら東源之丞は酒も飲めなければ、馳走に箸《はし》を付けることもできなかった。

おこんのもとに介添えが来て、控え座敷に下がった。

「坂崎様、祝言の花婿とはどのような気持ちですか」

辰平が磐音に感想を訊いた。

「なんとも緊張いたすものじゃ」

「一度こちらで稽古をしたようなものです。江戸ではもはや緊張することもありませんよ」

「祝言に慣れた夫婦というものもな」

と磐音が首を傾《かし》げ、源太郎が、

「辰平どの、予定どおり、明日には肥後熊本に発たれますか」

と訊いた。

「はい。居心地のよさについ関前に長居させてもらいました。明日からは坂崎様とおこん様のお力を借りることなく修行に励みます」

「よき心掛けかな」

と井筒洸之進が言い出し、

「坂崎家に遼次郎が養子に入ることが決まりましたが、ご家老、この遼次郎でよいものかどうかと日夜悩んでおります」

と正直な気持ちを吐露した。

「そのことだが、殿に遼次郎の養子縁組を願うた書状に、江戸勤番を願えぬものかご相談申し上げてある。若いうちに江戸の風に触れることも大事と思うてな。ご隠居、遼次郎を佐々木玲圓先生のもとで二年ほどみっちり修行させようと思うが、ご一統、いかがにござるか」

「おおっ、それはよいお考えですぞ」

と源之丞が賛同し、

「佐々木玲圓先生と磐音どのに鍛えられれば、剣の腕はさておき心構えがしっかりと固まろう」

「義父《ち ち》上《うえ》、私からもお願い申します」

と源太郎も賛意を示した。

「ということは、遼次郎さんが神保小路の尚武館道場に住み込むということですか」

「辰平どの、父上のお考えはそうではあるまい。勤番をしっかりと務めながら、尚武館で通い稽古に励めということであろう」

「磐音ばかりか遼次郎まで佐々木道場に取られては敵《かな》わぬからな」

と正睦が本気とも冗談ともつかず洩らした。

「お色直しにございます」

と介添えの声が座敷に響き、おこんが再び婚礼の場に姿を見せた。

おこんは、照埜が博多の呉服屋に注文したという加賀友禅を身に纏《まと》っていた。

紫縮緬《ちりめん》地に孔雀《くじやく》が大きく羽を広げ、海棠《かいどう》文様と菊があでやかに絡んだ衣装は、華やいだ中にも落ち着きが見えた。

またその図柄がおこんの白い顔に映えた。

一座はしばし言葉を失い、磬音までもが、
ぽかん
としておこんを見つめていた。

「母上、さすがはおこん様です。これ以上の着手はございますまい」

と伊代が感嘆の言葉を洩らした。

「私も、これはおこんさんしか着ることはできぬと思うておりました」

照埜の声も満足げだ。

お色直しをしたおこんは、緊張の内に舅《しゆうと》、姑《しゆうとめ》との盃事を済ませて、名実ともに坂崎家の嫁になった。

「磐音様、おこん様、祝着至極にございます」

と井筒洸之進の音頭で盃が干され、和やかな宴《うたげ》へと変わっていった。

怪我の直後の東源之丞と白土葉之助は盃事の後に退席した。だが、坂崎家と井筒家が中心になった宴はさらに一段と和やかさを増した。

宴は四つ（午後十時）前に果てた。

磐音とおこんは離れ屋に床を敷き延べ、寝化粧をしたおこんと磐音は、

「おこん、ようここまで漕ぎ着けたな」

「磐音様、これからもよろしくお願い申します」

と挨拶し合った。

その夜、おこんは集《すだ》く虫の声を聞きながら、いつまでも磐音の胸に顔を埋《うず》めて幸せを嚙《か》み締めていた。

四

翌日の昼前、須崎川に架かる一石橋を、若者たちがぞろぞろと臼杵口番所の方角へと歩いていった。

紅潮した顔の松平辰平が、勇躍肥後熊本へ独り旅に出る姿と見送りの人々だった。

関前滞在ひと月余り、辰平の気さくな人柄もあって関前藩士や中戸信継道場の若い門弟らが別れを惜しみ、城下外れまで送っていくという。むろんその中に仮祝言を挙げたばかりの坂崎磐音と新妻おこんが交じっていた。

「よいな、辰平どの。道中は最初が肝心、くれぐれも無理をするでないぞ」

とか、

「水を飲むときは土地の者によく聞いて飲め」

とか、口々に忠言を与えてくれた。

辰平も一々素直に、

「忠告に従います」

と答えて、名残を惜しんでいた。

臼杵口番所には別の一団がいて、賑やかにも別れを惜しんだ。

「関前の皆様。松平辰平、これより西海道の各藩を巡り、道場で修行をいたします。皆様とは江戸でお会いしましょう。なんとも楽しい関前逗留にございました、お礼を申します」

と辰平が別れの挨拶をし、大半の家臣や門弟との別れを終えた。

臼杵道への峠道に従うのは、井筒遼次郎ら若衆夜廻り組の仲間七人で、その一人は酒樽《さかだる》を提げていた。磐音とおこんも加わり、峠道にさしかかった。

峠道の左右には芒《すすき》が白く光り、風に靡《なび》いていた。秋茜《あきあかね》も群れをなして飛んでいた。

「おこん様、坂崎こんとなられた心境はいかがです」

と遼次郎から聞いたか、同じ御小姓組の剣持左近が訊いた。

遼次郎や左近らは、おこんにとって弟のような年齢だ。

「剣持様、これ以上の幸せはございません。ですが、私が坂崎姓を名乗れるのは僅《わず》かな間だけです。この道中、坂崎こんを十分に身に染みさせて、楽しみたいと思います」

「どういうことです、坂崎姓を僅かな間しか名乗れぬとは」

御番衆の平田忠助が訝しげに訊いて、遼次郎が了解をとるように磐音を見た。

頷き返す磐音に、遼次郎が仲間に理由を説明した。

「そうか、本祝言は江戸で挙げられるのか」

「おこん様が上様の御側衆の屋敷に養女に入られると、われらとはこうして気軽に口を利いてもらえぬかもしれんぞ」

「おこん様はいつでもおこん様だぞ。それにしても短い間に、おこん様から坂崎こん様、速水こん様、さらには佐々木こん様と、目まぐるしくも姓が変わるもんだな」

「初木峰次郎様が申されるとおり、こんはいつまでもこんにございます。ひたすら磐音様に従い、生涯同じ道を歩きます」

「のろけを聞かされたぞ」

峠道が険しくなった。

塗笠、打裂羽織に野袴、木綿足袋に武者草鞋《わらじ》、背に手行李を入れた道中嚢を負った辰平の手には、真新しい木刀があった。

遼次郎らが、武者修行の旅に出ると決心した辰平に贈ったものだ。

胸にこみ上げるものがあるのか、先ほどから辰平はひたすら前方を見詰めて黙々と峠道を登っていく。

「おこん様、今晩泊まる湯治宿は鄙《ひな》びたところですよ。江戸の方はびっくりされるかもしれません」

左近がおこんに話しかけた。

若い遼次郎らは臼杵国境の手前から海側に数丁入った野馬《のま》ノ湯で辰平と最後の一晩を共に過ごし、別れをすることを企て、磐音とおこんも誘われた。それを聞き知ったおこんは、

「どうか男衆《おとこし》だけで参られませ」

と遠慮したが、辰平が、

「おこん様、ぜひお願い申します」

と頭を下げて願い、照埜も、

「豊後の湯に浸かるのも旅の思い出ですよ」

と勧めてくれて参加することになったのだ。

芒の穂が光る峠道を上がること一刻（二時間）余り、海が望める峠下で臼杵道と一旦分かれた。海に向かってだらだらと下ると、湯煙が一筋立ち昇っているのが見えてきた。

岬の斜面に芒が銀色に光って見えた。

「おこん、野馬ノ湯はな、岬に棲《す》む野馬が怪我をした折りに入る湯だという言い伝えがあるのだ。昔々、お婆様に手を引かれて湯治に来たことがある」

「そんな思い出をお持ちでしたか」

「おこんとは法師《ほうし》の湯以来だな」

「磐音様」

おこんは顔を赤らめたが磐音は平然としたものだ。

「そう客がいる湯でもございませぬ。今夜も借り切りと聞いております。おこん様、野馬ノ湯を存分に楽しんでください」

幹事役の左近が言ったとき、遠くに速吸瀬戸を望む野馬ノ湯に到着した。大きな岩場の下にへばりつくように建てられた一軒宿は、長い歴史を物語ってどこもが黒ずんでいた。綿入れを着込んだ老爺《ろうや》が迎えに出ると、

「坂崎の若様、何十年ぶりかのう」

と目をしょぼつかせた。

「民吉爺《たみきちじい》、元気そうでなによりじゃ。それがしの嫁のおこんじゃ」

とおこんを紹介すると、

「けえ魂《たま》がった。野馬か猪《しし》しかおらん湯宿に、江戸から別嬪さんが来ちくれた」

と目を丸くして、

「湯と猪鍋しかございませんが、ゆっくりしちょくれ」

と一同を湯宿に招じた。

　磐音は久しぶりに野馬ノ湯に浸かった。辰平も遼次郎ら見送りの七人も一緒だ。屋根だけの天然の岩風呂から暮れなずむ岬と海が見えた。

「辰平どの、明日からはこのようにわいわいと騒ぐ相手もない。今晩は心ゆくまで楽しんでください」

　左近の言葉に辰平が神妙な顔で頷いた。

「どうした、もう寂しゅうなったか」

「いえ、皆様のご厚意が胸に染みて口が利けませぬ」

「ほう、辰平どの、旅に出てそのような言辞を覚えたとみえるな」

　磐音が佐々木道場の名物、でぶ軍鶏《しゃも》こと重富利次郎との軍鶏の喧嘩《けんか》のような立ち合いの模様を話した。

「道場の稽古がそうじゃ。飯どきも兄弟喧嘩のような奪い合いで、遠慮もなにもあったものではなかった」

「坂崎様、松平家は直参旗本でしたよね」

　磐音が答えるより先に、辰平が、

「いかにもさようです。ですが、江戸では直参八百七十石とは申せ、次男坊は部屋住みの身、遠慮をしながらの暮らしです。だから、つい外に行くと」

と江戸の暮らしぶりの一端を披露した。

「江戸でも次男三男は苦労が絶えませんか」

「うまい具合に婿の口でもあるとよいのですが」

「まだ海の幸も山の幸も豊富な関前がよいかな」

話す内容は深刻だが、どこか切迫感がない。

「遼次郎さん、豊後街道はどれほどの里程がありますか」

辰平が明日からの旅を気にした。

「豊後鶴崎から肥後熊本城下まで三十一里半です。久住《くじゅう》連山を越えて街道半ばの滝室《たきむろ》坂にさしかかれば、阿蘇山の雄大な景色を眺めながら行けます。足慣らしのつもりで四、五日かけて歩いてください」

「遼次郎どのの申されるとおりだ。修行の旅はゆるゆるとな、慌てると見落とすものも多い。それでは旅の醍醐《だいごみ》味が半減するでな」

「心して参ります」

湯に灯りが入った。

賑やかに男たちが上がったあと、おこんは独りで野馬ノ湯に身を浸けた。透明な湯がおこんの白い肌の上でころころと弾けた。

（坂崎こんか）

とおこんはしみじみと思った。だが、今までの転変は序の口だ。上様御側御用取次の速水家に養女に行き、さらには佐々木家に嫁入りするのだ。

（頑張るのよ、おこんさん）

と自分で自分を鼓舞した。

おこんはふと海に視線を戻した。

数瞬前の光景とは一変して、岬の斜面の芒の穂も影になり、赤く染まった海の点景の一つになっていた。

湊に戻る船も黒い点に変わり、白く航跡を引く風景はなんとも幻想的だった。

おこんは思わず湯から立ち上がり、刻々と変化を見せる神秘的な光景に目を奪われた。

それは一瞬の、自然がもたらす幻影であった。

（夢ではないかしら）

「おこん、湯あたりでもしておらぬか」

磐音の声がして、一人姿を見せた。

「あまりにも美しい光景に目を奪われていたの」

「風邪を引くぞ」

磐音の言葉に、おこんは湯の中で磐音に背中を晒して海を見詰めている自分に気付いた。

「あれ、恥ずかしい」

慌てて湯に浸かった。

「しっかりと温めよ」

磐音は長閑な声を上げた。

磐音とおこんは再び辺菰集落の船着場に雲次の船で到着した。

「雲次どの、しばし待ってくれ」

「好きなだけ過ごしちょくれ」

照埜が持たせてくれた、菊を入れた閼伽桶を提げた磐音は石段を眺め上げた。

石段の途中に柿の大木が何本か植えられ、熟した柿の実を烏《からす》が突いていた。

三百段の石段の二箇所に休み所の踊り場が設けられていたが、なかなか急峻《きゆうしゆん》な階《きざはし》だった。上方の踊り場の左手には地蔵堂があった。そこにも柿の大木があって葉が色付き、風に散っていた。

「参ろうか」

磐音とおこんは辰平が武者修行へと出立した翌々日、猿多岬の翠心寺の友に別れを告げるため、再び墓参に来たのだ。

「磐音様、辰平様は元気で旅をされているでしょうか」

おこんが辰平を案じた。

野馬ノ湯で一夜を過ごした辰平は、暗い中、提灯の灯りを点して峠道を臼杵領内へと下っていった。

「今頃は今市《いまいち》辺りを熊本に向かっているところか。二年後、江戸に戻ってきたときが楽しみじゃな。可愛い子には旅をさせろと申すからな。たれもが苦労して一人前に育つのだ」

「そうかもしれませんね」

おこんは共に江戸から旅をしてきた辰平が弟のように思えて、心配でたまらぬ様子だ。

休み休み三百段を登りきり、翠心寺の墓所から岬の突端に離れた小林琴平、河出慎之輔、舞夫婦三人の墓地を訪れ、二人は言葉を失った。

墓から関前の海への斜面に野菊が群れ咲いていた。嫁菜とも呼ばれ、淡く青紫色の咲き乱れる光景はどこか懐かしさを磐音に覚えさせた。

二人はしばしその光景に見惚《みと》れていた。

白鶴城の真上の空に今日も鯖雲が広がり、鳶《とんび》が一羽悠然と大きな弧を描いて飛翔していた。

二人は自然石の墓石を清め、花を飾り、線香を手向けて頭《こうべ》を垂れた。

瞑目したおこんの耳に磐音の声が聞こえた。

「琴平、慎之輔、舞どの、そなたらはもはや承知であろうが、坂崎磐音は晴れておこんと祝言をあげた。明和九年の夏、そなたら二人と関前に戻ってきた二日後には、小林奈緒《なお》どのと祝言を挙げる身であった。われらを過酷な運命《さだめ》が見舞うたことを、今さらそなたらに説明することもあるまい。奈緒どのは山形の紅花商人と所帯を持たれ、幸せな暮らしをしておられよう。それがしはおこんと縁あって夫婦になった……」

言葉が途切れた。

「……琴平、慎之輔、舞どの。われら、明日には関前を発つ。いつの日か、必ずこの地を訪れると約束しよう。三人で仲良う過ごしてくれ」

磐音とおこんは期せずして同時に両目を開けた。

「関前逗留は終わった」

「はい」

「明朝出立いたす」

はい、と答えたおこんだが、どの道を通って江戸に戻るかとは訊かなかった。すべて磐音に任せておけばよいと思ったからだ。

二人は石段を海に向かって落ちるように下っていった。

地蔵堂のある踊り場の手前で磐音の足が止まった。おこんが磐音を見ると、磐音は地蔵堂を見ていた。おこんも視線の先に目をやった。

地蔵堂の階段に一人の人物が腰を下ろしていた。

浜奉行だった種瓢こと山瀬金大夫だ。

股《また》の間に抜いた大刀を立てていた種瓢が二人を見上げた。

柿の実を嘴《くちばし》で突いていた烏が、
かあかあー
と鳴いた。

「山瀬どの、領外に出られたのではなかったか」

「一旦は日向領内に逃げ申した」

種瓢が答えると大刀を手に立ち上がった。

「だが、この歳では、他国で暮らすには辛《つら》いものがある」

「なぜ関前に戻られたな」

「中津屋文蔵の口車に乗ったはそれがしの不徳、またご家老の力を過小に見誤ったのも間違いの因。すべては己のなした所業にござる。なんの未練もないがな、坂崎様、そなた一人に夢が潰されたと思うと不甲斐《ふがい》のうてのう」

と言って種瓢は大刀を腰に差し戻した。

「それがしにいくばくかの運が残っておるかどうか、そなたと勝負がしてみたい」

「迷惑千万」

「迷惑は承知のことでな」

磐音は手に提げていた閼伽桶を石段に置いた。

「おこん、動くでない」

そう言うと磐音は二、三段石段を下りた。

地蔵堂の踊り場までまだ七、八段あった。

山瀬金大夫は地蔵堂から先に踊り場へ足を踏み入れていた。

踊り場は一間半四方の広さだが、石段は一間に満たなかった。

種瓢と称される風貌が険しく変わり、垂れた細眼に鈍い眼光が宿って磐音を見上げた。そして、悠然と剣を抜いて右肩の前に、八双に構えた。

もはや逃げ道はなかった。

「致し方なし」

磐音も包平を抜くと正眼に構え、ゆっくりと踊り場まで下った。

おこんは見ていた。

三匹の秋茜が磐音の周りを飛んでいるのを……。

(琴平様、慎之輔様、舞様、磐音様の身をお守りください)

おこんは思わず秋茜に念じていた。

磐音が石段の端を半身の構えで下り始めた。すると山瀬金大夫も反対側の石段を蟹《かに》の横走りのように海に向かって下り始めた。

二人は剣を構え合ったまま駆け下った。

金大夫が磐音を斜め上方から見下ろす位置だ。

互いの足の運びが速くなった。

下方の踊り場が迫った。

そのかたわらにも柿の老木があり、色付いた葉が折りから吹き上げてきた海風にはらはらと舞い散った。

高みの山瀬金大夫が先に、

「はあっ」

という気合いとともに高々と虚空に飛んだ。

先に踊り場に到達していた磐音も同時に山瀬金大夫の体の下に踏み込んでいた。

八双の剣が磐音の肩口から胸を撫で斬ろうとした。だが、一瞬早く包平の大帽子《きっさき》が大きな円弧を描いて、石段から飛び下りてきた山瀬金大夫の喉首を、

ぱあっ

と刎ね斬り、石段に血飛沫《ちしぶき》を飛ばしていた。

どさり

と鈍い音を立てて踊り場に転がった種瓢の体が、勢いあまってごろごろと下の石段まで滑り落ちていった。

おこんは、三匹の秋茜が戦いの場から墓所へと舞い戻っていくのを言葉もなく見ていた。

本書は『居眠り磐音　江戸双紙　鯖雲ノ城』（二〇〇七年一月　双葉文庫刊）に著者が加筆修正した「決定版」です。

編集協力　澤島優子
地図制作　木村弥世
DTP制作　ジェイ エスキューブ

文春文庫

鯖《さば》雲《ぐも》ノ城《しろ》

居眠《いねむ》り磐音《いわね》（二十一）決定版《けつていばん》

定価はカバーに表示してあります

2019年12月10日　第1刷

著　者　佐《さ》伯《えき》泰《やす》英《ひで》
発行者　花田朋子
発行所　株式会社 文藝春秋

東京都千代田区紀尾井町 3-23　〒102-8008
TEL 03・3265・1211㈹
文藝春秋ホームページ　http://www.bunshun.co.jp

落丁、乱丁本は、お手数ですが小社製作部宛お送り下さい。送料小社負担でお取替致します。

印刷製本・凸版印刷

Printed in Japan
ISBN978-4-16-791405-9